その冥(くら)がりに、華の咲く

陰陽師・安倍晴明

結城光流

角川文庫
19600

夢を、見る。

この冥がりに、咲く華の。

一

嗚呼、禍だ、禍だ。
冥がりを呼ぶ禍だ。

この禍が華を呼ぶ。
かの冥がりを。かの華を。
あれは闇を好む華。あれは闇に呼ばるる華よ。
闇を抱けば魅入られる。搦め捕られて囚われ堕ちる。
堕ちれば華に喰い尽くされて、冥がりの底に沈みゆく。

嗚呼、禍だ。禍だ。

人にも魔にも成れぬ者。

お前こそが、禍だ。

◇　◇　◇

平安の都は、夜ともなれば明かりひとつない真の闇に呑み込まれる。

今宵の空は、厚い雲に覆われて、手にした松明の灯りがなければ、一寸先も見通すことはできないだろう。

そんな、月も星も見えない夜の都大路を、ひとりの青年が静かに歩いていた。

松明も手燭も持たないというのに、その足取りは危なげなく、まるで世界を見通せているかのようにしっかりとしたものだ。

沓の先が石を蹴り、かつっと音がした。

ころころと転がった石は、やがて何かにぶつかったのか、急に止まった。

暗闇の中に、闇より黒い小さな影がある。

青年は足を止めた。

止まった石を覗き込むように、影がのびあがり、しばらくそうしていたあとで、ついと蹴り返してきた。

青年の足に小石が当たる。

きゃらきゃらと甲高い笑い声がして、影はするりと土中に沈み消えた。

「……まったく」

青年は嘆息して、小さく唸った。

あちこちに、小さな影がある。

そしてその向こうに、それより大きな影が、ちらちらと踊るように蠢きながら、青年を見ている。

歩き出そうとした彼の、狩袴の裾を、何かがくいと引いた。

「おい、晴明」

見下ろせば、土から枯れ木のような腕がのび出して、裾を摑んでいた。

「なにやら都のあちこちが騒がしい。お前のせいだろう」

土中にひそんだままだったそれが、魚が水面に顔を覗かせるかのようにして、するりと姿を見せた。

小さな水干をまとったそれは、首から上が守宮だ。いずこかの邸の守宮が、なんらかの力を得て変化したものだろう。

守宮は土からあがると、水干の埃を払った。

「騒ぎを鎮めろ。我が邸の周りでも、不穏な輩が踊っている。あれらが入ってきたら、邸の者らが恐ろしがる」

青年は肩をすくめた。

「どうして私が」

「お前のせいだからよ」

大きな目をきょろりとさせて、守宮は青年の背後を見渡すようにした。

「お前のせいだし、お前の周りにいる奴らのせいだからよ」

青年は守宮につられたように、自分の周りに漂っている幾つかの気配に目をやった。さわりと動くそれらは、決して悪しきものではない。悪しきものではないが、善きものであるかといえば、そうとも言えない。少なくとも、いまの青年にとっては。

そうして守宮は、袖口から枯れ木のような手をのばし、青年を指差した。

「この百年近く静かだった都の冥がりに、お前が禍を落とし込んだ」

水面に石を落とせば、大きな波紋が何重にも広がっていく。石が大きく重ければ重いほど、水は震え、揺らめき、荒れるのだ。

「禍……？」

胡乱げに眉根を寄せる青年に、守宮は低く唸る。

「絶えず慄く声がする。――嗚呼、禍だ。禍だ」

　そして、あの恐ろしい華の開く気配が。

　ずっと冥がりの底に沈んで、静かに澱んでいたものたちが、禍が迫ってきたことを悟り、目覚めはじめた。あちこちで胎動しているそれらが、徒人には見えない渦を作り出し、徒人にはわからない不穏な波を生み出している。

「我らの静けき冥がりを乱すな」

　薄い瞼の守宮は、ひとつ瞬きをしてじっと目を細めた。

「お前の落とした禍だ。鎮めるのはお前の役目だろう、安倍晴明」

　うっそりと言い放ち、守宮はついと足を引くと、音もなく土の中に沈み込んだ。

　灯りひとつない夜闇のなかで、青年はうんざりしたように息をつくと、再び歩き出した。


　彼の名は、安倍晴明。

　大内裏陰陽寮に出仕している。しかし、これといった役職にはついていない。

　師である賀茂忠行はそれを大層残念がっており、次回の除目の折にはどうにかして何らかの役につけるようにと心を砕いてくれている。

　だが晴明は、役職につくことを望んではいなかった。

安倍氏は古い家柄だ。身分こそ高くはないが、血筋は確かである。それに、陰陽寮は実力さえあれば出世の道を駆け登ることも容易だ。他の省寮と違い、実質的な才覚が重用される数少ない役所なのである。

晴明にはずば抜けた才覚がある。類稀なる、といえば聞こえはいいが、明らかに他者とは異質な力だ。

陰陽寮だけでなく、大内裏に勤める貴族たちはみな、その理由を知っている。

安倍晴明は、妖の血を引いた、半人半妖なのだ。ゆえに、凄まじい霊力を持ち、徒人には視えないものを視て、徒人には聴こえないものを聴き、徒人には感じられないものを感じ取る。

宮中の貴族たちは、常に彼を恐れている。

人というのは異質なものを恐れるから、それは本能だ。恐れない者のほうが稀であり、徒人に恐れられ弾かれることは当然の反応であると、晴明は認識している。

以前、光の射さない暗闇の中を灯りひとつ持たずに危なげなく進む彼の姿を見たという貴族が、彼の周りに仄青い鬼火が漂っていたと後日触れ回った。

ちょうどそれを、たまさか通りすがった晴明本人に聞かれ、貴族は青を通り越した白い顔で声を呑んだ。

晴明自身は内心うんざりしながらも、表面上は顔色ひとつ変えず、無言で一礼してその場を去った。

相手は晴明よりずっと身分の高い、藤原一門に連なる貴族だった。下手につつけばいらない苦労を呼び込みそうだったし、何よりも晴明は、自分にまつわる世間の風評などというものにまったく興味がないのだった。

藤原何某が見たという仄青い鬼火とやらに、晴明は心当たりがまったくない。何かの見間違いか、それとも、人魂と連れ立って彷徨い歩く死霊でも目撃し、晴明であると思い込んだか。

いずれにしても、それについて釈明する意思は晴明にはなかったので、いずれ忘れられるだろうさと放っておいた。しかし、いつの間にかどうやら話に尾ひれがついて、禁中にまで及んだということだ。

人は、取り分け女性は、噂話が好きな生きものだから、おそらく禁中の后方や女官たちは、怖がるふりをしながら、目を輝かせて噂話を楽しんでいるのだろう。

知らないところで自分が肴にされることに、晴明は慣れていた。嬉しくもなんともないが、どうにもならないことをわかっているので、とうに諦めている。

己れの母が狐の妖であったことは事実であるし、赤子の頃に姿を消してしまったことも事実なのだ。

いまも晴明は、暗闇の中を灯りもなく進んでいるが、そういう様が、大内裏の貴族たちや都人たちに、あれは妖の血筋ゆえ夜闇を見通す目を持っているのだ、その瞳は猫のように細く金色に光っているのだ、とあらぬ誤解を植えつけるのだろう。

一々説明する必要性を感じないので言われるままにしているが、陰陽寮で晴明と言葉を交わす数少ないうちのひとりは、根も葉もない噂を流されることは業腹だと、まるで己れのことのように目を怒らせていた。

そう、別に晴明は、妖の血筋ゆえに夜闇を見通せるわけではない。

彼は、夜闇を昼日中と同じように見通すための暗視の術を、己れにかけているだけなのである。

陰陽寮ではなんの役職にもついていない晴明だが、その異能の才を活かすためにと、幼少の頃から賀茂忠行の教えを受け、ありとあらゆる陰陽の術を叩き込まれた。暗視の術はその中のひとつにすぎない。

そして貴族たちは、彼を恐れているが、完全に排斥することはない。

なぜならば、その類稀なる陰陽師としての能力だけは、評価しているからなのだった。

晴明の住む邸は、西洞院大路と土御門大路の辻に面している。ここ平安に遷都されて以来、先祖代々伝わる邸だ。

身分に対して敷地が大層広く、晴明はこの邸を少々持て余している。

敷地を囲む築地塀と、固く閉ざされた門が見えた。家族はいない。父は存命だが、晴明が元服した折に阿倍野の地に庵を結んでひとり移り住んだ。

自邸の門が視界に入ると、晴明は足を止めてふうと大儀そうに息をついた。

額にじっとりと汗がにじんでいる。

大内裏から安倍邸まで、さほど距離があるわけではない。大した労もなく行き来できる程度のものだ。

しかし晴明は、ひと月ほど前からずっと、大内裏陰陽寮への出仕だけでかなり体力を消耗するようになっていた。

原因はわかっているのだが、それを改善するにはまだ至っていないのだ。

額の汗を手の甲で拭い、晴明は再び足を進めようとした。

ふいに、その足がぴたりと止まった。

「――――」

進めかけていた足を、すっと引く。そのまま三歩ばかり後退り、剣呑な表情で地面を睨んだ。

晴明を囲むようにして、ふわりと風が立った。彼のまとう直衣の袂が風をはらむ。

晴明はそれを、少し鬱陶しそうにして払った。

「――……」

口を開きかけた晴明は、後方から近づいてくる足音を聞きとめた。

「おおーい、せいめーい」

その声を聞くなり、晴明は舌打ちした。

先ほどとは雰囲気の変わった、しかし遥かに剣呑さを増した眼差しで、駆けてくる相手を射貫く。

瞬く間に追いついてきたのは、ひとりの青年だ。

「やー、やっと追いついた」

「何の用だ、岦斎」

冷たく問われ、榎岦斎は面食らったように目をしばたたかせた。

「なんだ、嫌に機嫌が悪いなぁ。自覚はないかもしれないが、この辺にとてつもなく深いしわができているぞ、晴明」

己れの眉間を示す岦斎を横目に、晴明は肩越しに背後を顧みる。

彼の様子に気づいた岦斎は、怪訝そうに首を傾けた。

「……なんだ?」

晴明の足元より、三尺ほど進んだ位置だ。

そこはちょうど、西洞院大路と土御門大路の辻の、中心にあたる箇所だった。

それまでのほほんとしていた岦斎の表情がすっと引き締まる。

「晴明……」

晴明がやおら片手をあげて岦斎を制した。

右手で組んだ刀印の切っ先を口元に据え、晴明は静かに呼吸を整える。

「――オン、アビラウンキャン、シャラクタン…！」

彼の放つ真言が空気を震わせる。生じた波動が同心円を描くようにして四方に広がっていき、霊力の波に洗われた辻の中心は、土中から泡のようなものをぼこりと噴き上げた。

「瘴気…！」

岦斎が息を吞む。晴明は指を組み替え両手で幾つかの印を立てつづけに結ぶ。

「ナウマクサンマンダ、センダマカロシャダソワタヤウン、タラタカン、マン」

ぼこぼこと音を立てていた箇所が、海原に生じる渦のようにすり鉢状に沈んでいく。

その中心に、瘴気の塊が黒く重く蠢いて、ふたつの眼がぎょろりと現れた。

晴明を捉えた一対の眼は、ぞろぞろと渦を這い上がってくる。瘴気は闇色の無数の鱗に転じていき、見る見るうちにそれは一丈はあろうかという大蛇に成った。

しゅうしゅうと舌を出す蛇の口から、瘴気が吐き出され漂う。

晴明はそれを冷然と見据え、更なる呪文を紡ごうと口を開きかけた。が。

「……っ」

ふいに、晴明が息を詰め、体をくの字に折り曲げた。均衡を崩してよろけた晴明を、驚いた岦斎が慌てて支える。

「晴明、どうした!?」

色を失う岦斎の手を苛立たしそうにして払いのけ、晴明は体勢を立て直し顔をあげる。

その瞬間、生じた僅かな隙をつき、大蛇があぎとを開いて飛びかかってきた。

かっと吐き出された瘴気の塊が叩きつけられ、息が詰まり呪文が途切れる。

「…っ、しま…っ！」

眼前に迫った大蛇の遥か後方。大路の両端に整然と植えられた柳が。その陰に、ほくそ笑む男が見えた。

男の唇が動く。紡いでいるのは呪文だ。ならばこの大蛇は、あの男の使役する式か。

瞬時に悟った晴明だが、胸の奥がきりりと痛んで一瞬動きを止める。

それが命取りだ。

「晴明！」

ばたばたと手を動かして瘴気を振り払っていた岦斎が叫ぶ。

大蛇を使役する術者が、喜悦に歪んだ顔で嗤った。

刹那。

巻き起こった突風が、いままさに晴明の喉頸に喰らいつこうとしていた大蛇を搦め捕り、撥ね飛ばした。

同時に、仄かな鈴の音色にも似た響きが生じた。涼やかな風が晴明と岦斎を取り囲む。

術者は目を剝き、撥ね飛ばされた大蛇の許に駆け寄っていく。そして、晴明の眼前に現れた影を凝視し、息を吞んだ。

大蛇を退け、晴明たちを囲む風にはらまれているのは、紛れもない神気だ。

術者は震える指で、神気を放つ影をさした。

「……じゅ…」

わなわなと震える唇から、疑念と驚愕に彩られた言葉がこぼれ落ちる。

「十二…神将…!?」

指された相手は、据わった目で不機嫌そうに返した。

「そうよ。何か文句、ある？」

「……っ！」

術者は絶句した。

晴明は呼吸を整えながら額ににじむ汗を拭い、呟いた。

「無理もない……」

小さなその声を聞き咎めたのか、神将が勢いよく振り返る。頭の真ん中で分けて両耳の上で結った長い髪が、風をはらんで大きく翻った。

「ちょっと晴明、いまの言葉、どういうことよ！」

はっきりとした甲高い声が、夜闇を裂いてぴんと響く。風をまとった幼い少女がふわりと宙に浮き上がると、晴明の目線と己れの目線が合う位置で静止した。

晴明のような陰陽道を学ぶ者が使用する占具のひとつに、六壬式盤というものがある。大陸から伝えられた占具だ。それには十干や十二支、十二将、二十八宿などが記されており、中でも十二将――十二神将は、陰陽の術を駆使する者たちにとって特別な意味を持つ。

十二神将は、力ある者ならば召喚し、使役することのできる存在なのである。歴史の中で、十二神将何名かを使役したという記録は幾つか存在しているが、すべてを式に下した陰陽師はいなかった。

これまでは。

晴明は、いま己れが使役する神将を一瞥した。

その形は、六歳程度の風体をした幼い少女だ。しかし彼女は、陰陽道の占具である六壬式盤にその名を記された存在。

　れっきとした十二神将のひとりなのである。

「わたしが十二神将に見えないとでも⁉」

　きゃんきゃんと吼えるように詰め寄ってくる彼女に、術者がわめいた。

「騙されないぞ！　安倍晴明、真の十二神将を出せ！」

「失礼な！」

　風をまとって振り返った少女は、にわかに右手を掲げた。

「わたしは間違いなく十二神将太陰よ！」

　掲げた右腕に風が渦を巻き、それが生み出した竜巻を術者めがけて振りかぶる。

　晴明の横で、岦斎は目を剝いた。いくらなんでもあの竜巻を食らわされたら術者は無傷ではいられまい。

「おい、太陰！」

「はあっ！」

　放たれた竜巻は術者の足元に落とされ、蠢いていた大蛇を木っ端微塵に粉砕した。

　太陰はくるりと後ろを向き、宙に浮いたまま仁王立ちになった。

「何か文句ある？」

　彼女を止めようとのばした手をそのままに、岦斎は瞬きをした。

「…………ありません」

ふんとばかりに腕を組む太陰は、そのまま晴明を顧みた。

「あの程度の輩に後れを取るなんて、だらしがないにもほどがあるわ。何をやってるのよ、晴明」

無言の晴明の横で、岦斎が渋面を作る。

「おいおい、ちょっと待て。理由ならお前たちが一番よくわかってるだろう？　いちいちあげつらうようなことを言うのは、感心しないなぁ」

長い栗色の髪をふたつに分けて、両耳の上のところで結わえている太陰は、体の線に沿った異国風の出で立ちをしている。腰に巻いた一枚布が風をはらんで軽やかに翻り、左足首に小さな鈴がついた装飾品をつけている。大蛇が襲いかかってきたとき晴明と岦斎が聞いた鈴の音は、これが立てたものだ。大きな目は勝気な光に満ちている。

その様相は人間とほとんど変わらないが、ひとつだけ大きな違いがある。耳の形だ。十二神将たちは、耳の上部が尖っているのだ。

「わかってるわよ。でも、不甲斐ないじゃないの、わたしはそれが悔しいのよ」

本気でそう思っているのだろう、太陰の燃え上がる瞳は秋に咲く桔梗と同じ色だ。

彼らのまとう衣装が異国風であるのは、彼らが大陸から渡ってきた存在だからなのだろうと晴明は考えている。

「安倍晴明は、わたしたち十二神将の主だわ。なら、主としての実力と貫禄があってしかるべきなのに、この為体はなんなのよ」

晴明は苛立ちの混じった息を吐いた。

太陰の言は、至極もっともだ。

神々の末席に名を連ねる十二神将を、安倍晴明は従えた。ひと月ほど前の話だ。

その事実は、陰陽道に関わる者たちの間に、瞬く間に広まった。以来、彼の周囲は騒がしくなった。十二神将を彼から奪い、名をあげようとする術者が、折あるごとに挑んでくるようになったのだ。

「……安倍晴明……！」

うめき声に視線を向ければ、竜巻の衝撃で立った土埃を全身に浴びた術者が、眼をぎらぎらとさせながら結印していた。

「式など使わず、最初からこうしていれば良かった！　貴様の命もろとも十二神将を我が手に！」

太陰の表情が険しさに彩られる。

前に出ようとした神将の肩を、岦斎が摑んで引き戻した。

「ちょっと岦斎、放しなさいよ」

抗議を受けた岦斎は首を振る。

「いやいや。あっちより、あの辺でざわざわしてる奴らを祓うのを手伝ってくれよ」

見れば、辻に群がってくる大きな影が、少しずつ数を増している。大蛇の放った瘴気が撒き餌となって呼び寄せてしまったのだ。

それに、と、岦斎の目が晴明の背を示した。それを追った太陰は、主の背に立ち昇る霊気の波動を認めた。

安倍晴明は結印し、術者をひたと見据えた。

「――この術は凶悪を断却し、不祥を祓除す…！」

術者は目を瞠った。

細波が立つようにして、地面が小刻みに震える。そして、金色に輝く五芒星が晴明を中心に描かれ、大きく広がっていく。

そこに立ち昇る甚大な霊力を肌で感じ、術者はとてつもない恐怖を初めて感じた。

「こんな…！」

それ以上声が出ない。

迸る霊力よりも、地表に刻まれた五芒星よりも。

氷のように冷たい双眸が、恐ろしい。

これが、安倍晴明。

「――万魔、拱服！」

呪文とともに、五芒星に満ちていた霊力がすべて術者に向けられる。

悲鳴を上げた術者は、最後の力を振り絞って結界を築いた。

術と結界が激突し、爆発的な衝撃が起こる。

太陰の目が剣呑にきらめき、彼女と岦斎を囲んだ風が渦巻くと、衝撃を跳ね返す。

霊気の残滓が消える頃には、術者はとうに姿を消していた。

冷めた目で辺りを見回した晴明は、ふいによろめいた。

なんとか膝を折ることだけは回避したが、重い呼吸を繰り返す。

一方の岦斎は、太陰とともに、群がっていた妖たちが退散したかどうかを確かめていた。

「うーん、晴明の奴、やっぱり調子が悪そうだなぁ」

心から案じている風情の岦斎に、太陰が肩をすくめる。

「仕方ないわ。こんなの、わたしたちを式神にしたときからわかりきってたことじゃない」

宙に浮き、自分より高い位置にある岦斎と目線を合わせて、太陰は言った。

「あんただって陰陽師なんだから、あわよくばって思ってるんじゃないの」

少しだけ鋭さを帯びた神将の語気に、岦斎は苦笑する。

「いやー、俺は晴明ほど才能ないからなぁ」

額を押さえて息をついている晴明を振り返り、岦斎は真面目な口調で言った。

「十二神将は、俺には荷が重い。あいつを見ていて、それを心底痛感した」

神の末席に連なる十二神将は、生半な者には到底扱えない。

しかし。

「……」

気遣う素振りの岦斎に、晴明は冷淡に言った。

「それで、何の用だ、岦斎」

「あ？　あー、そうだった」

直衣の合わせに入れていた書状を抜いて、晴明に差し出す。

灯りひとつない暗闇に、白い料紙が奇妙に浮き立っているように見えて、晴明はふと、言葉にし難い予感を覚えた。

「お前に渡してくれと師匠に頼まれて……」

岦斎を太陰がさえぎる。

「そんなのあとにして、とにかく邸に入りなさいよ」

宙に浮かんで腕を組んだ彼女が、安倍邸の門を示す。晴明と岦斎は、黙ってそれに応じた。

大内裏からさほど距離のない場所に位置する安倍邸は広く、神将たちを従えるまで晴明はひとりで住んでいた。いまもひとりで住んでいるはずなのだが、ちょくちょくと訪れるようになった岦斎や、時折姿を見せる神将たちのせいで、以前のような静けさはすっかりなりをひそめたと晴明は感じていた。

邸に上がりこんだ岦斎が、勝手知ったるといった風情で厨に赴き、水をついだ椀を持ってくる。

一方、家主である晴明はといえば、自室に入るなり膝をつき、脇息にもたれてぐったりとうなだれていた。

「晴明、水だ」

我が家のような顔でやってきた岦斎を、晴明は無言で見上げた。

いろいろと言いたいことはあったが、それを並べ立てる気力もなかったので、晴明は黙って椀を受け取った。

渋面で水を口に含むと、冷たさが喉をうるおし、我知らずふうと息をつく。

額にじっとりとにじんだ汗を衣の袖で拭うと、晴明はどこを見るともなしに視線を走らせた。

つい先ほど、往来で正体不明の術者と一戦を交えたときには近くにいたのだが、太陰はいま姿も神気も消している。

しかし、気配すら感じられなくとも、十二神将たちは確実に晴明の動向を視ている。それ以上に、彼らが使役として従っているのだという証を、晴明はその身で嫌というほど感じていた。

彼らを式に下して以来、ただ生きているだけで、相当に体力と気力を削られるのである。

十二神将は、神の末席に連なる存在だ。それらを使役下に置くということは、その力を丸ごとその身に受けつづけるということでもあるのだ。

神であれ、魔物であれ、強い力を持つものにはひとはあてられる。十二神将ともなればその通力は桁外れだ。それもひとりではない、文字通り十二人。人という表現は決して正しくはないが、彼らをひと柱ふた柱と数えるのも何かが違うと思う晴明であった。

「晴明、大丈夫なのか」

いささか案じる風情の岦斎の言葉に、晴明は冷え冷えと返した。

「何がだ」

「あー、いやー、そのー、……具合が随分悪そうだなぁ、と……」

殺気めいた眼光で射貫かれた岦斎は、いささか及び腰になる。
晴明は物騒にうめいた。
「見てわからないか」
わかるとも。
とはさすがに言えず、岦斎は曖昧に頷くと、文台を晴明の近くに移動させた。
床に置こうとしていた椀をその上にのせ、晴明は再び、額ににじんだ汗を拭う。
こうしてじっとしているだけでも、刻一刻と体力が削がれていく。
いまはとにかく、早く休みたかった。
晴明の不調を見て取った岦斎は、少し思案して立ち上がった。
「じゃあ、俺は帰るが……。ちゃんと何か食べろよ、晴明」
晴明は無言で手を払う。さっさと帰れという意思表示だ。
邪険な扱いには慣れているので、岦斎は気にした風もなく帰っていった。
誰もいなくなった邸は、ひどく静かでがらんとしており、空虚な気配に満ちている。
自分の呼吸と鼓動だけを聞いていた晴明は、ごく近くに神気が降りたのに気づいて、
大儀そうに顔をあげた。
隠形していた十二神将が顕現する。
神将たちは常に、人界とは次元の違う異界に在るのだ。異界とは人界に重なるよう

に存在しているのだというが、ふたつの界は決して交わりはしない。

晴明は陰陽師だが、彼が住むこの世界とは別の世界が存在すると、知識の上で知っていても信じていたわけではない。そもそも、自分が生きているこの世界が本当に現実なのかも、ときには疑っている。

夢は現であり現は夢である。眠っている間に見ている夢が本当に夢なのか。現実だと思っているいまが夢ではないのか。たまにそんな思考にとらわれる。

「晴明、少し横になったら？」

隠形していた十二神将太陰である。

「ひどい顔をしてるわよ。倒れないうちに休みなさいよ」

「……誰のせいだと…！」

睨めつけてくる青年に、太陰は涼しい顔で応じる。

「わたしたちを使役に下したのが原因だっていうなら、その通りだね」

あまりにもあっさりと返されたため、晴明は絶句した。そうか、自覚があったのか。

太陰は腰に両手を当てた。

「わたし以外のみんながあんたの前にあんまり出てこないのは、あんたのことを一応慮っているからよ」

「確かに……ほいほい出てこられては、こちらの身が持たない」

これは正直な気持ちだった。

十二神将は晴明の式神として使役に下った。主従となった彼らの間には、断ち切れないつながりができたのだ。そして、それが晴明には予想以上の負担となっている。

神将たちはそれを承知している。ゆえに、彼らは極力人界に降りず、動向だけを視ているのだ。しかし、今日のように晴明の身に危険が迫ればその限りではない。

いささか荒さの増した呼吸を繰り返す晴明を見かねた太陰は、今朝起きだしたままの茵を適当に整えた。

「わたしこういうのうまくないんだけど」

心からの台詞であるらしく、声音に苦い響きがはらまれているのを感じる。

それが妙におかしくて、晴明は喉の奥で小さく笑った。

体の芯が熱を持っているのか、じっとしていても汗がにじむ。疲労困憊のとき、限界を超えると冷や汗が出る。あれと同じだ。

ここには現れない神将たちの姿を、脳裏に思い描く。それぞれ個性的な出で立ちをした老若男女の存在たち。彼らを数えるとき、柱という単位を使う気になれないのは、彼らが純粋な神とはまた異質な存在であるからだ。

陰陽道を学び、志す者ならば誰もが知っている。彼らを式神として従えることを悲願としている者は、晴明が考えていた以上に多かった。

瞼が重い。瞼だけでなく、腕も体も、すべてが重い。

十二神将を狙う術者は、今日の男が初めてではない。ああいった襲撃がもう何度目になるのか、いい加減面倒になって考えるのをやめたのはかなり前だ。

「………」

晴明は脇息にもたれるようにしてぐったりと崩れ落ちた。晴明を支えきれなかった脇息が傾き倒れる。

派手な音を聞いた太陰が振り返る。脇息の横に、晴明が力なく横たわっていた。

太陰はひとつ瞬きをした。

「晴明、ちょっと、大丈夫、……じゃないか。まったくもう……」

息をつく。すると、その傍らにいまひとつ神気が降り立った。

《限界のようだな》

甲高い声であるのに重々しい響きが太陰の耳に直接響いてきた。

頷く太陰の前に、幼い風体の少年が顕現した。六歳程度に見える太陰より少し年長の風貌をした彼もまた、両の耳が尖っている。

くせのまったくない漆黒の短い髪と、黒曜石のような双眸。大きな丸い黒曜の飾りを首に下げ、赤銅色の肩当、腰と大腿に必要最低限の鎧をまとっている。袖がなく丈が少し長めの衣は彼の髪と同じような黒。帯だけが白い。

「視(み)てたの、玄武(げんぶ)」

ほぼ黒ずくめのこの少年は、十二神将のひとり、水将玄武である。

「うむ。我もだが、天一(てんいつ)と天后(てんこう)が、晴明の身を案じているのだ」

天一も天后も十二神将である。天一は土将で十代半ば程度の少女、天后は玄武と同じ水将で二十歳(はたち)程度に見える女性(にょしょう)だ。

水将は通力で作り出した水鏡に、望むものを映し出すことができる。しかし、この世のすべてを映せるわけではなく、天后や玄武の知っている場所やものでなければ映せない。

神将たちは、晴明に負担がかからないよう、その水鏡を用いて彼の動向を視ているのだった。

玄武や太陰もそうだが、十二神将たちの見かけと実年齢(じつねんれい)は全く別のものだ。まるで子どもの形(なり)をしているが、ふたりとも誕生してから千年単位の時が経過している。正確な年数は神将たち自身にももはやわからない。

「とにかく、運んじゃいましょ。玄武、手伝って」

「うむ」

子どもふたりが両脇(りょうわき)から晴明の腕の下に体を滑(すべ)り込ませ、茵までずるずると引きずっていく。神将である彼らには晴明の体重など大したものではないのだが、身の丈が低いためどうしても引きずることになる。

「運ぶのだけ誰かに頼んだほうがよかったかしら？」

茵におろした晴明の上に大袿をかけながら、太陰が眉根を寄せる。玄武がしかつめらしく答えた。

「いや。他のものが顕現するのは、かえって晴明の負担となる」

「そうなのよね」

ふうと嘆息し、倒れた脇息を起こして、太陰はその上に頬杖をついた。

「いまのままじゃ、わたしたち全員を式神として使いこなすのは無理なのよ。約定はかわしたけど、晴明の命に関わる場合はどうなるのかしら？」

彼らが誕生してから幾星霜。十二神将全員を一度に使役に下した術者は晴明が初めてなのだ。それまでは、四神の名を冠する者たちや、誰かひとりだけが期限つきで使役されることが多かった。

玄武は十二神将の中でもっとも通力が弱い。太陰は決して弱くはないが、子どもの形であるため、接しているときの晴明に構えるところがさしてないように見受けられた。

大人の姿をしている者たちに対しては、晴明はとても気を張っている。おそらくそれは無意識なのだろうが、それが疲労の増す原因の一端であろうとも思われた。

眠る青年の、肉の落ちた頬が痛ましい。

晴明を見下ろしていた玄武が、ぽつりと言った。

「……晴明は…」

頬杖をついている太陰が目を玄武の背に向ける。子どもの形をした同胞は、淡々と呟いた。

「我らを使役としたことを、悔いているのかもしれんな…」

思いがけない玄武の言葉に、太陰は息を呑んで絶句する。

「無論、晴明がそうと口にしたわけではない。しかし、そう思っていても、無理はなかろう。もともとこの男は、我ら十二神将を己れのために従わせたのではないのだ」

安倍晴明が、六壬式盤に記された神、十二神将を使役とするに至ったのは、ひと月ほど前に起こったある事件が発端だったのだ。

恐ろしいばけものに魅入られた姫がいた。姫の祖父母は、助けてほしいと晴明に懇願した。しかし、晴明の力だけではそのばけものには到底及ばなかった。姫を救う手立てを探した晴明は、やがて式盤に記された神にたどり着いた。

異国からわたってきたその神を、晴明はからくも従えて、ばけものから姫を救った。

「……まぁ」

玄武の傍らにやってきた太陰が、晴明の面持ちを見つめる。

「ちょっとしたお伽話みたいよね。晴明も妖の血を引いてるわけだし」

「だがこの男は、それを疎んじている」

だからこそ玄武は思うのだ。妖の血を引いた己れを疎んじている安倍晴明は、ならばなりゆきのようにして従えるに至った十二神将のことも、その実は疎んじているのではないかと。

しばらく晴明を見下ろしていたふたりは、どちらからともなくため息をついた。こうしていても埒はあかない。

眠っているときにそばにいても、あまり意味はない。異界から水鏡をとおして様子を視ていれば、何も問題はないだろう。

十二神将たちは晴明を主としているので、その身を警護するのは役目のひとつであると考えている。晴明にあだなす者が現れたとき、太陰が顕現して護衛するのはそれゆえだ。晴明にそうしろと言われたのではなく、彼女は自発的に行動している。そしてそれを咎められたことはない。

もっとも、咎めることも面倒だと考えているかもしれないのだが、それについては深く追及すると藪から蛇が出そうだったので、あえて触れることはしなかった。

ふと、文机にのった白い文が、何気なく滑らせた玄武の目にとまった。

「これは？」

「さっき視てなかったの？」

神将たちは水鏡をとおして晴明の動向を視ている。先ほどの術者との小競り合いも、当然窺っていたものと思っていたが。

玄武は渋面になった。

「お前の神気の激しさが過ぎて、水鏡が砕けてしまったのだ」

太陰は肩をすくめる。

「岦斎が持ってきて晴明に渡したのよ。お師匠からですって」

晴明は帰邸後、中を見もせずに文机に放り、そのまま膝をついて脇息にもたれて荒い息をついていたのだ。

岦斎のいう師匠とは、賀茂忠行のことだ。彼は晴明とともに忠行に師事している。

「忠行が文をよこすなんて珍しいわよね」

「ああ。わざわざ岦斎に持たせたくらいだ、急ぎの文かもしれないが……」

ふたりの神将は苦しそうに眠る青年をそっと見た。さすがに起こす気にはなれない。

朝になって目覚めたら、きっと読むだろう。もし本当に急ぎであるなら、岦斎もひとことふたこと言い置いていくはずだ。

夏も終わりに近づいて、半蔀をあげたままではいささか涼しすぎる陽気になっている。

玄武たちにはどうということもないが、人間である晴明は、夜風に当たりすぎるのは毒だろう。

しかし完全に閉めきってしまうと風がまったくとおらなくなり、湿気がこもりそうだ。半蔀をあげたまま御簾を下げ、几帳を移動させて風をさえぎることに決める。

「晴明は、邸にいないときでも結構平気で蔀や妻戸を開けっ放しにしてるわよね。盗人の類が入り込んだらどうするのかしら」

太陰が首をひねったとき、鈴を転がすようなか細い笑い声が木霊した。

『この安倍の邸に押し入る命知らずが、あろうものか』

あげられた半蔀の向こうから、花の香がするりと室内に滑り込んでくる。

玄武と太陰は瞬時に全身を緊張させた。

これは、妖の気配だ。いや、妖などという生易しいものではない。魔性のもの。いや、それよりもさらに――――。

十二神将であるはずの玄武は、間違いなく慄然とした。太陰も同様だ。

こんなものがこれほど近くに迫っていたにもかかわらず、まったく気づかなかったというのはなんとしたことか。いくら気が晴明にいっていたとはいえ、妖異の存在を見落とすとは。

太陰が臨戦態勢に入り、玄武が晴明の枕元に立って陣取る。

簀子に出る妻戸が音もなく開き、闇をまとった影が侵入してきた。

それは、冥がりだ。夜の暗さとはまったく違う、冥い闇。妖たちの棲む冥がりに揺蕩うものだ。

それをまとい、悠然と現れたのは、恐ろしい美貌の女性だった。

黒絹の髪は身の丈より長く、夜闇に赤い血をたらしたような紅紫の袿をまとっている。肌は白く、鼻筋の通った細面は顎の線がくっきりとして、艶めかしいうなじにつづく。切れ長の目は鋭く、紅をさしたような唇だけが紅い。

まるで、夜闇に咲く大輪の華のようだった。

「ここは、我らの主が邸よ。去りなさい」

毅然と言い放つ太陰だが、青ざめた面持ちが、彼女がどれほど緊張しているかを如実に表している。

一方の玄武も血の気の引いた顔だ。

女性は袿の裾をさばくと、妖艶に笑った。

『そこをおどき。わらわは晴明に用がある』

「晴明に近寄るんじゃないわよ！」

牙を剝いた太陰を意に介した風もなく、女性は手にした扇で口元を隠し、喉の奥でくっと笑った。

『威勢のいいこと…。なれど』

黒い瞳に雷光にも似たものが駆け抜けた。

『子どもの戯れ言に興味はない。おどき』

「この…っ！」

激高した太陰の全身から神気が迸った。巻き起こった風にあおられた几帳が倒れ、唐櫃が押されて移動する。

扇が風にはじかれ舞う。女性の長い黒髪が翻り、白い頬が隠される。その狭間に覗いた紅い唇が、やおら凄絶に笑った。

『……おもしろい』

冷え冷えと紡がれた声音に、背筋に這い上がる戦慄を玄武は自覚した。たおやかな見てくれとは裏腹に、その身にひそむものは恐ろしいほど甚大なのだ。

さすがに不利を悟った玄武は、異界でこの様子を視ているはずの同胞に呼びかけようとした。

「り……」

そのとき、静かな制止が彼らの間に割って入った。

「……よせ」

太陰と玄武が振り返る。

「晴明！」

肘を支えに上体を起こそうとしている晴明は、気怠そうな面持ちで女性を一瞥した。

「何をしにきた、姫御前」

神将たちの顔色が変わる。既知の間柄なのか。

姫御前は先ほどと変わらぬ笑みを、肩で息をしている青年に向けた。

『晴明よ。お前の忠実な式神は、羽虫のようだの』

うっそりと笑みを深くした姫御前が落ちた扇に手をかざすと、ひとりでにふわりと浮きあがり彼女の手に戻った。

開いた扇は傷ひとつなく、それで口元を隠した女性は冷たく目を細める。

『大した力もなかろうに、実に小うるさい』

神将たちの双眸が苛烈にきらめく。

「————！」

彼らのまとう空気が一変したのを受け、さすがに晴明が口をはさんだ。

「御前、何用だ。神将に喧嘩を売りに来たわけでもあるまい」

艶やかな衣を引いた姫御前は、神将たちを扇で払い退かせ、晴明の傍らに滑っていくと彼にしなだれかかった。

晴明は眉をひそめた。

「……そういうことなら、お前の相手をしている余裕はない。帰れ」

桂に包まれた肢体を押し退けるでもなく、晴明はしかし言葉で冷たく突き放す。

扇の下で静かに笑う姫御前は、予想外の展開に唖然として絶句している太陰にちらと視線をくれた。

『あのような無力な式を傍らに置いて、いったいどのような益がお前にある』

喉の奥でくっと笑い、魔性の女は晴明の耳元でささやく。

『いまのままではお前の命を削るだけの、厄介者ではないか。のう、晴明』

白い指が晴明の頬から顎をついとなぞり、頸筋を撫で下ろす。

晴明はここでようやく身を引いた。彼の表情は剣呑で、決して歓迎してはいないということが見て取れる。しかし、それ以上は抵抗らしき抵抗をしようとしない。

それが、神将たちを苛立たせる。

たまらなくなった太陰が地団太を踏んでわめいた。

「ちょっと晴明！　そんな得体のしれない女にどうして好きにさせてるのよ！」

姫御前は太陰を一瞥する。小ばかにした色をその瞳に見て取り、太陰の中で何かが音を立てて派手に切れた。

「晴明から離れろーっ！」

怒りにまかせた風の塊を姫御前めがけて振りかぶる。

これには玄武が色を失った。

「太陰！　ばか者っ！」

叫びに太陰ははっと我に返った。

姫御前の傍らには、晴明がいるのだ。

「しまっ……！」

姫御前は優雅に立ち上がり、太陰の放った風を扇で受けとめ、そのままもてあそぶように扇ごとひらめかせた。風の塊はそのまま半蔀の支えを撥ね飛ばしながら屋外に消える。

ざわざわと抗議しているように庭木が鳴った。同時に、庭にひそんで息を殺していた何かの気配が一斉に逃げていくのを感じる。

都に棲まう妖たちだ。晴明の邸には、彼らが当たり前の顔でうろついている。

優雅な手つきで造作もなく風の軌道を変えた姫御前は、渾身の一撃を返されて呆然とする太陰に言い放つ。

『当今、かように見境なく力をふるう使役が流行りかえ。これまで使役を持たなんだ晴明も、さぞや退屈せぬであろうな』

あてこすられた太陰は、しかし反論の言葉が見つからない。拳を握り締めて肩を震わせながら、悔しさに顔を歪ませて唇を噛みしめている。

いささか乱れた衣を直し、姫御前はうっそりと笑った。

『また日を改めるとしよう』

袿の裾をさばいた姫御前は、言葉もなく立ちすくんでいる玄武と怒りに身を震わせている太陰を尻目に、音もなく闇をまとうとすうっと掻き消えた。

花の香が漂っている。姫御前の残り香だ。

しばらくふるふると肩を震わせていた太陰は、妻戸と蔀を全開にして怒号した。

「何よあれは!? それにうっとうしいわよこの残り香!」

突風が吹き込んで部屋の空気を入れ替え、残り香を一掃する。

苛立ちに任せたまま、太陰は晴明を振り返った。

「晴明! あんた趣味悪いわよ!」

きゃんきゃんと吠える太陰である。それを見ていた玄武は、思った。

そういう問題ではないだろう。

しかし、いま何か言おうものなら確実に矛先が自分に向けられる。それだけは避けたい玄武は、沈黙を貫くことに決めた。

己れの従える式神から罵声を浴びせられている晴明は、あらぬ方に視線を泳がせた。

ふと、指先が固いものに触れる。

見るとそれは、師忠行からの文だった。太陰の風でここまで飛ばされてきたようだ。

何かに読めと急かされているような気がして、晴明は息をつくと文を手に取った。

「ちょっと晴明、聞いてるの⁉　大体なんなのあの女、どこの化生よっ！　覚えてらっしゃい、次は絶対に叩き潰すっ！」

拳を握り締めて、太陰は唸った。

「本来の力が使えたら、あんなふうにあしらわれたりしなかったのに……っ！」

同胞の唸りに、玄武ははっと胸をつかれた顔で息を呑む。そうして彼は、黙然と文に目を通している青年を一瞥した。

安倍晴明は、十二神将を従えた。

しかし、従えただけで、彼はまだ、神将たちの力を完全に引き出すことができていないのだ。

十二神将たちが、生来持っている神通力は、彼らがいま発揮できるものにくらべると格段に強いのである。

使役に下る前ならば、神将たちの力は異界であっても人界であっても、変わらずにふるうことができた。しかし、安倍晴明の使役に下ったいま、それはかなわなくなった。

式神の力は、主の器に比例する。

十二神将たちが本来の力を取り戻し、発揮するためには、晴明自身が器を広げ、能力に磨きをかけなければならないのだ。

いま、十二神将たちは、主に合わせるために、窮屈な檻の中で通力を弱め封じる枷をはめられたような状態を強いられている。

それに対しての不満は、ないと言えばうそになる。しかし、それらを承知の上で十二神将たちは安倍晴明の使役に下ったのだ。

それは、この男に可能性を見出したからにほかならない。

生きることに厭いて、己れの矜持もなにもかも、守ることをせず。いつ境界の川を渡ることになったとしてもまったく躊躇いがない。そんな男が、彼ら十二神将を命がけで従えたその理由。

広げた文を読み進めるごとに剣呑さを増していく晴明の面持ちに、気づいた玄武は訝った。

「晴明。忠行からの文には、なんと？」

賀茂忠行と十二神将たちに、直接の関わりはない。しかし、水鏡をとおして晴明の動向を視ていれば、彼に関わる人間たちの名と顔は自然と記憶に刻まれる。

忠行は晴明と、先ほどまでこの場にいた岦斎の師だ。当代一の陰陽師と名高い、老境にさしかかった男である。

髪や髭に白いものがまじり、少ししわのある面立ちは、当代一の陰陽師とは思えないほど穏やかで、目許に刻まれた笑いじわが玄武には印象深い。この人間は、性根の好ましい者であろうと思う。

人はみな、完全な善でも悪でもない。陰陽師ともなれば、陰も陽も併せ持ち人の心の闇も光も見ているものだ。

忠行はそれらを見ても、人の心の光を信じられる強さを持っている男だと、玄武は感じている。

人間に関わったことはあまりないので、晴明とその周囲を取り巻く人間たちを、玄武は興味深く観察している。それは、玄武だけではなく、ほかの同胞たちも同じであるようだった。

しかし、そこに好意や親しみがあるわけではない。それを持つに至れるほど、人間を理解しているわけではないからだった。

「……予想通り、あまり嬉しくない文だ」

「それは語弊ではないのか、晴明」

青年の言葉に、玄武が物言いをした。

「まったく嬉しくない、むしろ厄介だと、お前の顔に書いてあるように我には見えるぞ、晴明よ」

文に視線を落としたまま、晴明は軽く目を見開き、深々と嘆息した。

「……まぁ、そういう言い方もできる」

そうして晴明は、自らの口で説明するつもりはないらしく、読み終えた文を玄武に投げた。子どもの形をした神将はそれを拾い上げ、ざっと目を通す。

隣にやってきて一緒に文を覗いた太陰の顔に、みるみるうちに険が宿った。

「…………ふざけてるわ……！」

低く唸る太陰に、玄武も激した感情を隠さず応じる。

「我らをなんだと思っている」

「なんだとも思っていないのさ」

突然投げられた主の言葉に、神将たちは剣呑に顔をあげた。

胡坐に肘をつき、手の甲に頬をのせて、晴明は気のない様子で淡々とつづける。

「後宮では、帝の寵を争うこと以外すべてが退屈しのぎだ。それ以上でも以下でもないし、拒まれるなどとは微塵も思わない」

忠行の筆跡は、いつもの威勢の良さが感じられず、思いあぐねたような揺らぎがあった。本心ではこのような文は書きたくなかっただろうし、我が身に対する不甲斐なさもあったのだろう。

安倍晴明が、六壬式盤に記された神を使役に下したという噂は、瞬く間に広まった。

それ以来、十二神将を奪い取ろうと画策した術者があとを絶たない。それらをことごとく返り討ちにしている。

その話はいつしか大内裏の官をとおして殿上人たちの耳に入り、やがて内裏の奥、後宮にも届いた。さらには帝や、大后と呼ばれるその生母にも。

当代の帝は病弱だ。大后はその帝をいたく偏愛しているともっぱらの噂だ。そして大后は、国の最高権力者である藤原氏の、氏の長者の実の妹だ。

先帝醍醐の跡を継いだ当代は、御年二十歳。母藤原穏子の兄藤原忠平は、関白として帝の執政になくてはならない権力者だ。

晴明は、そういった大貴族に表立った関わりを持たないようにして生きてきた。

有能な陰陽師は、大貴族に重用される。身分は低くとも、陰陽の術で陰から政に影響を及ぼすこともできるのだ。そこには血腥さがつきまとい、政の闇に身を浸すということでもある。

いまさら闇に身を浸すことに躊躇はないが、ただでさえ疎んじられているうえに見知らぬ者の恨みや怒りに憎しみまで背負いたいとは、さすがに思わない。

晴明が陰陽寮に所属しながら、出世に対して無欲で、ともすれば出仕も滞りがちであるのは、そういう理由もひとつにはある。

関わる者は少ないほうがいい。

ただでさえ晴明は、異形の血を引いた半人半妖だ。人界の政に巻き込まれるのはごめんだった。

「……内裏で、十二神将を帝と大后と貴族どもに披露せよ、ですって？　人間の分際で、何様のつもりなの…⁉」

　玄武の手から文をひったくり、ぐしゃぐしゃと丸めながら太陰がまくしたてる。玄武が冷静に返した。

「この大和の国において至高の地位についている帝と、その国母だ。人界においては大した地位だろう」

「いくら天照の後裔であろうと人間は人間でしょうが！　それに、晴明！」

　青年を指さして、太陰は牙を剝いた。

「さっきの女に言ってやりなさい！　自分には橘の姫がいるんだから、二度と姿を見せるなって！」

　玄武が目をしばたたかせた。

「……それは、いま言うべきことなのか？」

「言っとかなきゃ晴明が忘れそうじゃない！　若菜が知ったらどう思うか！　ちょっと聞いてるの、晴明！」

　若菜とは、ばけものに魅入られていた橘家の姫だ。彼女を救うため、晴明は死に物狂いで十二神将を使役に下した。

一瞬だけ、晴明の表情が動いた。しかし彼は、嘆息しながら頭をひとつ振る。

「……彼女のことは、別に……」

珍しく歯切れの悪い晴明の受け答えに、太陰は苛々と髪を掻きむしる。

「どうしてあんたって男は……っ！」

若菜の名を聞いた途端、晴明の表情が無意識に強張った。それは、岦斎に対する怒りや苛立ちや、文の内容に見せた剣呑さとは、明らかに異質のものだった。

言葉にしなくても、晴明の心がどこを向いているのか、神将たちは知っている。

「若菜のことはともかく、晴明」

いきり立つ太陰を制しながら玄武が話題を変える。

「我らは見世物になるのは御免こうむる。誇り高き十二神将を、なんと心得るのか」

「私は受けるとは言っていないぞ、玄武」

「ならば即、断りの文を書け。文では手ぬるい、明日にでも忠行にじかに断れ」

晴明は答えない。

この件を命じたのは藤原忠平だと文に記されている。

断ることはたやすいが、そうすれば確実に今上や藤原一門の怒りを買い、忠行に累が及ぶ。自分ひとりならば都を追放されようが罰を受けようがどうとでもなるが、忠行を巻き込むことは避けたい。

晴明の為人を知っているからこその、巧妙なやり口だ。晴明自身を攻めるより、彼が関わる者を搦め捕ったほうがずっと効果的だと見抜かれている。

「晴明」

玄武がなおも言いつのろうとしたとき、門を叩く音が響いた。

「安倍晴明殿はおられませぬか」

次いで聞こえたのは、少しかすれたような女の声だった。

「橘の邸からの使いで参りました。安倍晴明殿、おられましたらどうか…」

晴明は怪訝そうに眉をひそめながら立ち上がる。少しよろめいたのを、見かねた玄武が横から支えた。

門を開けると、被衣をかぶり長い髪を背中で結んだ、見たこともない美女が立っていた。

女はほっとしたように頬をゆるませる。

「ああ、おいでになりましたか。わたくしは橘の邸に仕える者。翁より、急ぎ晴明殿をお連れ申し上げるようにと、申し付けられて参りました」

橘の邸に、こんな女がいただろうか。しかも、このような夜分に、供もつけずにひとりでここまでやってきたというのは、いささか不自然だ。

晴明の疑念を読んだのか、女は懐から白いものをそっと取り出し、差し出した。

「これを。信じていただけぬ折には、お見せするように、と……」

それは、以前晴明が橘家の姫若菜に渡（わた）した折符（おりふ）に間違（まちが）いなかった。

符を受け取る晴明の面持（おもも）ちが険しさを増す。

女は嫣然（えんぜん）と笑った。

「わたくしは荷葉（かよう）。晴明殿、どうか、ともにおいでくださいませ」

重ねて懇願（こんがん）する女から、ふっと香（こう）が漂（ただよ）ってきた。

それは、女と同じ名の、もうじき終わる夏に用いる香だった。

二

どうも今日は、香に縁があるな。

不機嫌な面持ちの下で、安倍晴明はそんなことを考えた。

彼の前には、篝火を掲げて先導する女がいる。闇夜を恐れるふうなど微塵も見せず、漆黒の暗がりを炎で照らしながら、悠然と足を運んでいる。

風が彼女のまとう香をかすかに運んできた。荷葉。彼女は夏に用いられるこの香と同じ名を名乗っている。

しばらくその背を追っていた晴明は、やがて足を止めた。

ふたつあった足音の一方が消えたことに気づき、荷葉は怪訝そうに振り返った。

「晴明殿、どうなさいました？」

篝火に彼女の面差しが照らされる。

つい先ほど来訪した異形の女、姫御前もそれは美しい面立ちをしているが、荷葉も整った凄みのある美女だった。

「以前訪れた橘家には、年若い侍女はいなかったはずだが」

荷葉は目を見開いた。

「わたくしは、二十日ほど前に橘のお邸にご奉公にあがりましたの。晴明殿がお邸においでになったのは、それより前でございましょう?」

苦笑交じりの答えに、晴明は剣呑な語気でつづける。

「か弱い女性の身でこのような夜分に供もつけず、橘の邸から我が住まいまで、よくひとりで参れたな」

「故郷でもよくそうやって叱られましたわ。ひとりで何かあったらどうするつもりかと」

喉の奥で小さく笑って、荷葉は首を傾ける。髪からふわりと香が漂う。

彼女は衣装ではなく、長い黒髪に香を焚き染めているようだった。

「幼い頃から男勝りで、下仕えの男たちを相手に太刀を振り回したり、馬を駆って遠出をしていたものですから、変わり者よと陰口を叩かれておりましたわ」

そう言って彼女は、まとった袿を少し開き、帯に差した小太刀を晴明に覗かせた。

「夜盗の類が現れても、返り討ちにしてくれましょう」

たおやかな風情の女性が口にするには、随分と勇ましく、似合わない。

「私が言っているのは、そんなもののことではない」

この地は人間の都であると同時に、百鬼夜行が闊歩する異形の都だ。人外の化生相手に、ひとの作った小太刀などなんの役に立つだろうか。

荷葉をひたと見据える晴明の眼光は鋭く、荷葉はほんの少しだけひるんだようだった。

「……晴明殿に、偽りは申せませんね」

女は息をつくと、篝火を少し高く掲げた。

「あちらに、牛車がおりますの。ただ、晴明殿をお乗せするのは、あまりにも恐れ多く、また、邸に伺うのもはばかられると申しまして……」

篝火の彼方を睨む。先ほどかけた暗視の術はまだ効力がつづいている。目を凝らせば確かに、彼女の言うとおり牛車が街路樹の陰に見え隠れしていた。

晴明の面持ちに険しさが増した。おおよその理由は見当がつく。彼らは晴明とかかわることを恐れているのだ。ほんの少し言葉を交わすことさえ躊躇うほどに、安倍晴明という男を恐れているのである。

異形と人との間に生まれた半人半妖という噂だけでも貴族たちの格好の餌だったが、いまはそれに十二神将を従えた陰陽師という肩書きが加わった。

陰陽師を筆頭とした術者の類はそれを奪おうと躍起になっているが、それ以外の者たちの反応は様々で、必要以上に晴明を恐れだした者たちもいるとは聞いている。

過去に、橘家に仕える者たちと何度か顔を合わせることはあった。彼らはいつも及び腰で、どこかに怯えがあった。それが恐れに転じたものらしい。

苦々しく頭を振った晴明の表情は、一転冷めたものになった。

怯えが恐れに変わったのが何だという。こちらに向けてくる目が非好意的であることに変わりはないではないか。

晴明の表情を読んだ荷葉は、思慮深い眼差しで言った。

「ああ、どうか彼らのことを責めないでくださいませ。ただでさえこのような時刻に外出は控えたいというのを、無理に頼んでここまで連れてきてもらったのです」

彼らが恐れているのは晴明ではなく夜闇であると取り繕う荷葉に、晴明は冷たい一瞥を投げかけた。

「大の男も恐れる闇をものともせぬとは、見上げたものだ」

挑発する響きがそこにあるのを、荷葉は敏感に聞き取ったようだ。しかし彼女はそれに気づかぬ振りをして、嫣然と笑った。

「徒歩では邸までだいぶ時間がかかりましょう。彼らを説得いたしますゆえ、どうか牛車にお乗りくださいませ」

無言の晴明は、篝火の炎に照らされた彼女の瞳が、闇より黒く奥深いのを見た。

「橘の殿は、ひどく悩んでおられます。晴明殿に相談すべきか否かと。それに……」

ついと視線を滑らせて、荷葉は闇の彼方を見やった。

「姫が、晴明殿にお知らせすることを嫌がっておられて」

晴明の表情がここでようやく動いた。

「この十日ばかり、姫は臥せっておられます。もともとお体のあまり丈夫ではない御身であらせられるとのことでございますが、なかなか快復の兆しを見せません」

安倍晴明殿ならば、姫の不調の原因を突き止められるのではと、橘の翁は姫には内密に晴明に使いを出してきたのだということだった。

黙然と荷葉の話を聞きながら、晴明は両の拳をそっと握り締めた。

姫が、会いたくないと言っている。

そのひとことが、晴明の胸の奥深くにじわりと突き刺さる。

そうして、それくらいのことで痛手をこうむる己れの不甲斐なさに、舌打ちしたい気分に駆られた。

橘の姫と最後に顔を合わせたのは、彼女が巻き込まれた事件の片がついた夜明けだ。

彼女を邸に送り届け、それきり伺うこともなく。橘の翁と媼両人からの文は受け取ったが、心ばかりとして添えられていた謝礼の金子は送り返した。

礼がほしくて危ない橋を渡ったわけではない。彼女を救えたら、それでよかった。

本当にそうかと、内から叫ぶ声があるのに気づかぬ振りをして、やり過ごしてきた。

十二神将を下したことで晴明にどんな境遇が訪れているのか、都中が知っている。随分前に没落した家柄といえど、橘氏は名門だ。いま晴明がどういう状況かも、何らかの経路をたどって聞き及んでいるだろう。

それでも翁が使いを出してきたということは、ただならぬ事態が生じているのだろうと察せられる。

姫のわずらいは、ただの不調ゆえか。それともほかに原因があるのだろうか。

剣呑な表情をくずさず、胸のうちで思いめぐらせている晴明に、荷葉は言い募る。

「どうか、ここで気まぐれなど起こされませぬよう。ともにおいでくださいませ。姫を案じる翁のお心に免じて、どうか」

自分のことはどう思おうと構わないとつづける荷葉に、晴明は仕方なく応じた。

「いいだろう」

警戒は解かない。だが、あちらに隠れている牛車と、その傍らで息をひそめている牛飼い童には見覚えがある。

荷葉の言葉に差し当たっての偽りはないだろうと踏んで、彼女のあとについて晴明は歩き出した。

◆　◆　◆

燈台の火が灯った室内は、橙色に照らされていた。

風が動いたのを感じ、橘若菜は億劫そうに瞼を上げる。

枕元には祖母が端座し、不安げな面持ちで孫娘の顔を覗き込んでいた。

若菜はうっすらと微笑んだ。

「お祖母様…、どうなさいました……？」

力のない問いに、媼は安堵と不安がないまぜになった目で、ぎこちない笑みを浮かべた。

「熱が高いまま、ずっと眠っていたのですよ。なかなか下がらないから、どうすればよいかと案じていたのです」

媼の言葉に若菜は目を細める。

「ごめんなさい、お祖母様……。ずっと、心配をかけどおしで……」

若菜はもともとあまり丈夫ではない娘なのだ。十歳まで生きられるかどうかと、幼い頃薬師に見立てられたこともある。その頃既に若菜の両親は亡く、翁と媼は息子の忘れ形見である孫娘の成長だけを心のよりどころにしてきた。十六歳の今日までなんとか生きてきてくれたのは、老夫婦にとって救いのようなものだ。

「良いのですよ」

頷きながらも、媼の顔は晴れない。

自分たちは年老いた。ふたりとも体のどこかに不調を抱えている。

もし、自分たちがいなくなってしまったら、この子はたったひとりでどうなるのだろう。邸はあるがろくな財産もなく、食べていくにも苦労するに違いない。

自分たちは、誰か良い公達と結婚してくれたらとずっと願っているが、孫娘はそれを望んでいない節がある。

無理強いをしたくはないが、なぜ望まないのかがわからないことが解せなくもあるのだった。

「若菜、喉は渇いていませんか？　白湯を持ってきましょうか？」

祖母の気遣いに、若菜は緩慢に頷いた。

待っているように言い置いて、媼はそこから離れていく。

ひとりになって、若菜は息をついた。

熱で体力が削がれているためか、とてもだるい。横になっていても目が回る。

燈台の灯りが揺れるたびに、壁代や几帳、梁や垂木に映る影がゆらゆらと踊り、そこに何かがひそんでいるのではという恐れが湧き上がってくる。

ふと、梁の陰で何かが動いたような気がした。

若菜ははっと息を詰め、目を逸らす。小さな影が蠢いている。そこに確かに、何かがいるのだ。

目を閉じてしまえばいいとわかっていても、閉じている間にもしそれが降りてきたらと思うとできず。さりとてそれを確かめるには勇気がない。

熱が出るのは、ああいうものが近くに寄ってくるからだ。

あれは、徒人の目には決して映らない、妖なのだ。

幼い頃から若菜はそれらを視る力を持っていた。見鬼と呼ばれる異能の才だ。

視えるから、では何かできるのかというとそんなことはなく、ただ目に入るだけなのである。視えるだけで、追い払うことも、近寄らせないようにすることもできない。

彼女にできるのは、視えてしまっても、何も視えていない、気づいていない、ふりだけだった。

無力な彼女は、視えるものたちが怖い。

一時期何も感じないほど心がおかしくなってしまったことがあるのだが、それを過ぎたらこれまで以上に恐ろしさを感じるようになった。

そこにいるだけで何もちょっかいを出してこないものたちだけではないことを、知ってしまったからだ。

いま梁の上にいて、若菜の様子を窺っているのは、雑鬼と呼ばれるごく小さな妖だろう。陰陽師が見たら、大したこともない小物と切り捨てるような脆弱な存在だ。

それでもやはり、若菜は恐ろしいのである。妖というものが。

そうして、もしもを考えてしまった。

もしも、あの方に対しても、同じような恐ろしさを覚えてしまったら、と。

「…………」

震える両手で顔を覆い、荒い息をつく。

妖に魅入られた自分を救ってくれたお方。しかしあの方は、妖の血を引いている。

妖は、恐ろしい。どうしようもなく、身が縮む。胸の奥がすうっと冷える。

いまひとたび会いたいと願う心は確かにあるのに、会ってはいけないという思いが心に重く冥い闇を広げていく。

そんなとき、彼女はまるで夜闇より重い冥がりのただなかで、ひとり取り残されてしまったような錯覚に囚われるのだ。

それはどうしても拭えない、払い落とせない。

「私は、どうしてしまったの……」

若菜は我知らず、枕辺に年上の女房の姿を探した。

こんなときいつも、荷葉がそばにあってそっと励ましてくれるのだが、いまはその姿が見えない。心細さが一層募る。

彼女がこの橘邸に奉公に上がってからまだひと月もたっていないというのに、もう何年も仕えてくれていたような気がするほど、若菜は荷葉を頼りに思っていた。

瞬きをして、若菜は室内を見回した。

梁の上の雑鬼は相変わらずそこにひそんでいる。若菜が気づいていないと思っているのか、それとも気づいているのをわかっていて様子を窺っているのか。

若菜はできるだけ気づいていないふりをしながら、緩慢に身を起こした。

くらくらと目眩がする。

なんとか上体を起こしたものの、手をつかなければ支えていられない。

頭上に妖がいる。それがたまらなく怖い。

どんなものでも、妖であるという、その一点が彼女の四肢を搦め捕って縛める。体がすくんで、呼吸まで乱れてしまうのだ。

あのような小さなものまで恐ろしい。それが放つ妖気がここまで自分を追い詰める。

荒い呼吸を継いでいた若菜は、滑るような足音が近づいてくるのに気づいた。

祖母ではない。

「荷葉……？」

名を呼ぶと、応えがあった。

「姫様、お目覚めでございますか」

「ええ……」

なんとか答えると、荷葉は淡々と告げてきた。

「ただいま、安倍晴明殿が殿の御前にお見えです」

「…っ」

若菜の心臓が不自然に跳ね上がった。

会いたいという思いとは裏腹に、全身が震えて息ができなくなる。

もしも、あの方の放つ気が、妖のそれであったなら。

自分は果たして平静でいられるだろうか。

そして何よりも、慄いていることをあの方に気づかれてしまったら。

「姫様のご様子を伺いたいとの仰せにございますが、どうなさいますか」

晴明を呼んだのは橘の翁であって若菜ではない。若菜のわずらいの正体を探るなら、
対面しないまでもじかに話をする必要はあるかもしれない。

動揺せずに話せる自信がなかった。

右の手のひらを見下ろして、若菜は唇を噛んだ。

左のたなごころで右手を包み、胸に押し当てる。

最後に会った夜明けに、名を問われたのだ。そして、差し出された手にそっと自分

のそれを重ねた。会話らしい会話などできなかった。ただ、触れた手が自分のものより大きくて、祖父のものより力強く感じたことをよく覚えている。

手を差しのべてくれた。あれは、足元がおぼつかない自分を案じて彼が見せた優しさだったろうし、名を問われたのは、不便を感じたからだろう。

そうではないことを願う心を、そうやって誤魔化してきた。

もしも違っていたらと思うと、怖かったからだ。

「姫様？　お休みになりましたか…？」

荷葉の呼びかけに、若菜は押し黙って息を殺す。

しばらく様子を窺っていたらしい荷葉は、若菜が眠ってしまったものと判断したのか、静かにその場を離れていった。

翁の話を聞いていた晴明は、戻ってきた荷葉から、姫は休んでいるようだと告げられ、安堵と落胆のない交ぜになった複雑な感情を抱いた。

夜半近くに来訪した晴明を出迎えた橘の翁は、以前より老け込んだ印象だった。

愛する孫の不調に心をすり減らしているのだろう。先ほど少しだけ姿を見せた媼もそれは同様だった。

「晴明殿、せっかくおいでいただいたのに、申し訳ない」

恐縮する翁は、ほかの者たちのように晴明に対しての恐れをあらわにすることはない。内心でどう思っているのかはわからないが、誰もなしえなかった老人の頼みを晴明は果たした。少しは好意のようなものを持っているのかもしれない。

だがそれはあくまでも、命の恩人に対しての謝意だということも、晴明はわかっていた。翁が晴明を呼んだのは、彼が都にいる誰よりも優れた技を持った陰陽師だからだ。それ以上でもそれ以下でもない。

橘の姫に名を問うたあのとき、彼女は答えてくれた。心が震えたのをいまでもはっきりと覚えている。

しかし、彼女を邸に送り届けた折、戻ってきた孫娘の無事を涙を流して喜ぶ老夫婦を見た瞬間、晴明は気づいてしまった。

この娘は、彼らの大事な掌中の珠なのだ。零落したとはいえ名門である橘氏の姫。対する自分は、かろうじて貴族の称号は持っているものの、末端にぶら下がっているようなものだ。

そしてそれ以上に、晴明を阻むものがある。――望みは、かなえられない。いいや、はじめからそんな望みは持ってはならなかった。

この身に流れる血が、彼が望みを持つことを阻むのだ。

「……では、私はこれで」

一礼する晴明に、翁は慌てて言い募る。

「お待ちください、どうか一目でも様子を。眠っていても、ただの病かほかに原因があるのか、晴明殿ならば一目で判じられましょう。何もなければそれでよいのです。どうか、晴明殿！」

たっての願いを無下に断ることもできず、仕方なく晴明は、姫の居室まで足を運ぶ羽目になった。

荷葉に先導された晴明は、壁代と几帳に囲まれた一角の前で膝をついた。

「……橘の姫」

呼びかけても、応えはない。翁は姫の様子を直接見て判じてほしいと言った。翁の許しはあるが、几帳の奥に入ることはさすがに躊躇われる。

晴明は無言で荷葉を一瞥し、本当にいいのかと目で問うた。対する荷葉は帳に手をのばしながら応じる。

「殿のご下命にございますので、どうぞ」

中に入れるよう几帳をずらしながら、荷葉はふいに微笑した。

「……噂など、あてにならないものですね」

「噂？」

訝る晴明に頷き、荷葉は袖口でそっと口元を隠した。

「安倍晴明は、化生の血を引いている半人半妖。それはそれは恐ろしい力を持っていて、夜な夜な妖と戯れている」

彼の身には、妖たちの放つ妖気が染みついて、もはやそれは彼自身の放つものなのか妖のものなのか、区別はつかない。

「あなた様とかかわると、命を奪われるという者もおりました」

首を傾けて目を細める女の長い髪が、さらりと流れた。

晴明は不機嫌さをにじませながら短く言い放つ。

「くだらない」

「ええ、実に埒もない噂。ですけれど……」

几帳をずらして開けた場所に滑り込み、荷葉は一転して毅然と晴明を見据えた。

「覚えておかれませ。わたくしがお仕え申し上げる姫は、あなた様のようなお方には相応しくないほど純真無垢であられます」

片膝をついて晴明に詰め寄りながら、彼女は低くささやく。

「どうか、お心得違いをなさいませんように。もし女性をお望みでしたら、わたくしがお相手仕ってもよろしゅうございます」

思いがけない申し出に、さしもの晴明も意表をつかれて二の句が継げない。

「…………」

女の目は本気だった。群を抜いた美貌の女が凄むと、迫力は相当のものだ。

しかし晴明は、その手合いの迫力には慣れている。どれほど凄みがあるとはいえ、荷葉は人間だ。姫御前のそれにくらべれば、子どものようなものである。

しばらくの沈黙の後に、晴明は息をついた。

「……妖の気配は感じられないようだ」

立ち上がり踵を返しながら、晴明は荷葉を顧みた。

「翁には、そのように申し上げておく」

几帳の向こうに若菜がいる。その気配を感じながら、晴明は努めて淡々と告げる。

「姫の体の不調は、先の禍が尾を引いているからだと考えられる。のちほど修祓を執り行う」

「それで姫は、お元気になりましょうか？」

これには晴明は本気で頭を振った。

「私は薬師ではない。確かなことはなんとも。だが、陰陽師の領分は、引き受ける」

断言した晴明に、荷葉は床に端座して一礼した。

「ありがとうございます。そのお言葉、しかと承りました」

晴明は無言でその場を離れた。

顔を上げた荷葉は、晴明が既にいないのを認めて小さく笑う。その耳に、衣擦れの音が届いた。

几帳の向こうから響いた音に、荷葉は呼びかける。

「姫様……申し訳ございません、お起こししてしまいましたか？」

しばらく待ったが、返答はない。

荷葉は音を立てないように几帳を元通りにすると、姫の眠りを妨げないようにという配慮からか静かに下がっていった。

一方、几帳の陰で若菜は息を殺していた。

晴明が突然やってきたことにも驚いたが、それ以上に彼と荷葉との応酬が彼女の胸の奥を激しく波立たせていた。

荷葉は、体調の芳しくない自分のために、身の回りの世話と心の支えとなるよう、祖父母が伝を頼って招いた遠縁の者だという。

遠縁といっても血のつながりはほとんどないらしい。若菜を安心させるために遠縁だということにしているのかもしれない。

荷葉はよく仕えてくれている。若菜にはきょうだいがいないので、もしかして姉とはこういうひとなのかもしれないと思い、頼りにしている。

同性の若菜が見ても荷葉はとても美しい。そんな荷葉にあのようなことを言われて、揺らがない男がいるだろうか。

それに何よりも。

「………」

若菜は顔を覆った。

心得違いと断じた荷葉に、晴明はひとことも反論をしなかった。

いまひとたび、否、何度でも会いたいと思うのは、やはり自分だけだったのか。

そして同時に、若菜は自分の身がすくんで動けないということにも打ちのめされていた。

そこにいたのは、安倍晴明なのに。

自分の体は、恐れのあまりまったく動かず、呼吸すらもままならないほど震えてしまっていた。

梁の上に蠢いているものたちなど比較にならないほどの恐ろしさに、若菜は襲われた。

彼の面差しはいまも瞼の奥に刻まれて、彼が自分の名を呼んでくれた響きも確かに覚えている。それらを思い起こしても、こんなふうにはならなかったのに。

胸の奥が重くなる。冥い翳りが心に満ちていく。

「……わ……たし……は……」

いっ たい、どうしてしまったのだろう。

◆　　◆　　◆

翌日は雨だった。

陰陽寮に出仕した榎岦斎は、師である賀茂忠行を摑まえて、人気のあまりない渡殿に引きずって行った。

「さぁ師匠、ここなら誰も来ませんよ。あの文はなんだったんですか」

陰陽寮は、一見静かに見えて、ひそやかに騒然としていた。

あの安倍晴明が、刻限どおりに出仕してきたのである。

彼は一応陰陽寮に所属し、席もある。しかし滅多に現れない。物忌や行き触れとして処理される。それでも前はまだ時々出仕してきていたのだが、最近は輪をかけて現れなくなっていた。

それを取り沙汰する者がいないのは、下手に触れると報復されるのではないかと、恐れているからだった。

しかし実は晴明は、陰陽寮にはいないが、陰陽頭と忠行から細かい仕事を命じられて、それをこなしているのである。

それは、十二神将を使役に下したことで彼が周りに与える様々な波紋を慮った忠行が、ほとぼりがさめるまで時を稼ごうと考案したものだ。

忠行と岦斎以外、陰陽寮で晴明に好意的な者はほとんどいない。いまでは強すぎる力を持った晴明に対する感情が、おかしな方向に捻じ曲がる危険をはらむまでになっている。

強すぎる力は諸刃の剣だ。かくなる上は、それを隠し通すか、大々的に見せつけることで、あれはまったく別のものだと認識させ納得させるかのいずれかしかない。

忠行は渋面で唸った。

「……お前には関係のないことだ」

岦斎は肩をすくめて手を広げる。

「何をおっしゃっているんですか、我が敬愛するお師匠様。こんなに尊敬している師に、大事な親友にかかわることから目を逸らせと言われるなんて！」

「やめんか気色悪い」

ばっさり切り捨てて、周囲を見回し誰もいないことを確かめてから、忠行は近くに寄れと指で示しながら声をひそめた。

岦斎は耳をそばだてる。

「……晴明の下した十二神将が、とんでもないところに波紋を広げてしまった」

「とんでもないところ？」

訝る岦斎は、次に発された師の言葉でさすがに目を瞠る。

「関白と大后だ」

当然そこには当今も絡んでいる。

眉間のしわを深くして、忠行は苛立ちをあらわにした。

「よりによって禁中だ。誰も太刀打ちできん」

「……何を言われたんです？」

当代随一と謳われる賀茂氏の長老は、自分を抑えるようにして腕を組んだ。

「安倍晴明が従えたという十二神将を、見たいとの仰せだ」

これにはさしもの岦斎も虚をつかれた風情でぽかんと口を開けた。

「……は？」

何かの冗談だろうかと思いながら師の顔をまじまじと見やるが、そんな色は当然ない。

「……十二神将は、れっきとした神ですよ？　師匠」

念のために言うと、忠行は憤懣やるかたない様子で乱暴に頷いた。

「わかっている。だが、禁中の方々にはその道理は通じない」

「神を見世物にするつもりですか？　なんと大それた……」

唖然としてそのまま言葉を失う峑斎である。

忠行は頭を振った。

「なんとか止めようとしたが、関白忠平様のご命令だ。陰陽頭に、応じる以外何ができたという」

関白の後ろには大后と帝がいるのだ。この国でもっとも権威を持つ者、権力を持つ者たちが、そう命じているのである。

忠行がどうにか阻もうとしても、陰陽頭の身分は低い。ようやく殿上を許される程度で、雲の上の存在である関白や、国の頂点に君臨する帝に背くことなどできようはずもなかった。

忠行の面持ちが険しさを増す。

「わしは、この一件には、関白忠平様より大后のご意向のほうが強いのではないかと見ている」

関白忠平は寛容な資質で知られる男だ。藤原の氏の長者として思慮も分別もある。

一方、大后である穏子は、帝の生母であるという自負があるためか、少し度を越すきらいがあり、それを諫められる者がほとんどいない。

そして何より、帝自身が興味を示している。

「どういう形であれ、十二神将を見せなければ収まりがつかないだろう」

「それで晴明が応じると思いますか」

剣呑な面持ちの岦斎に、忠行は返した。

「十二神将たちが応じるわけがない」

師弟は視線を交わし、どちらからともなく息をついた。


晴明が久しぶりに陰陽寮に出仕したのは、調べものがしたかったからだ。

しかし、寮に足を踏み入れた直後から後悔をしていた。

あちこちから投げられる視線がとにかく鬱陶しい。あちらこちらで声をひそめて、ささやかれているのが伝わってくる。内容までは判然としないが、大体の予想はつく。

それがさらに苛立ちを掻き立てる。

塗籠で必要な資料をあたり、夕刻まで人目につかないところで書物を読み、終業の鐘鼓とともに寮をあとにした。

必要なものにはあらかた目をとおして頭に入れてきたので、当分寮に行くことはない。

晴明はふうと息をついた。

ずっと気を張っていたので、だいぶ体力が消耗している。

大内裏にはあちこちに害のない雑鬼がうろついているのだが、今日は一度も彼らと遭遇しなかった。晴明の放つ気に神将の神気が混じっているからのようだ。

あちこちにひそんでこちらの様子を窺っているのは感じる。彼らはしぶといので、じきに平気で近づいてくるようになるかもしれない。

「……いや」

おそらく確実に近づいてくる。そんな予感がする。

陰陽寮に勤める者たちの中には見鬼の才を持つ者が少なからずいる。雑鬼たちが晴明に親しげにする様を、彼らに見られる日も遠くないだろう。

そうしてまた噂されるのだ。安倍晴明は、より妖に近くなった、と。

「……」

己れの思考に嫌気が差して、晴明は頭を振った。思っていた以上に、昨夜の荷葉の言葉が深く突き刺さっている。

「言われなくても……」

とうにわかっていたことだ。それをいまさら突きつけられたところでなんだという。

胸の中で試みた反論は、我ながら強がりの域を出ていない。

大内裏を出ようと待賢門に向かうと、あちこちに牛車が並んでいた。

職務を終えて退出してくる主を待っているのだろう。牛飼い童たちが談笑している。既に門を出て行く牛車も見えた。どれもこれも豪奢な造りの車ばかり。殿上人の中でも特に身分の高い者たちの持ち物だろうと思われた。

衛士の守る門を抜ける。晴明に気づいた衛士は、はっとした顔で慌てて目を逸らした。いつものことだ。晴明の為人をよく知らない者は、大抵ああいった手合いの反応を見せる。

朝から降っていた雨はほとんどやみ、いまでは霧雨がうっすらと舞っている程度だ。湿気を含んだ衣装がしっとりと重い。

足取りまで重くなりそうだなとうんざりしていた晴明の耳に、突如としてけたたましい咆哮が突き刺さった。

一台の牛車につながれた牛が、前脚を蹴り上げてあがくように暴れている。

周囲にいる牛飼い童たちは何が起こっているのか理解できていないが、何事か異変が生じていることだけは察し、暴れる牛から全力で遠ざかっていく。衛士や、自分の車に向かっていた貴族たちも恐れをなして、門の中に叫びながら逃げ込んでいく。

ただひとり、晴明の目は、牛車を阻むように土中から這い出てくる無数の影を捉えていた。

ざわざわと這い出てくるそれは、一尺ほどの大きさの毛むくじゃらの蟹に似ている。甲羅から飛び出たふたつの目は真っ赤で、あとは全身漆黒の影を切り抜いたような色。

足元に群がってくる蟹におののいた牛は暴れるが、従者たちにはそれが見えていないため、とにかく牛を鎮めようと躍起になっている。しかし蟹は彼らの足にも牛車にも、じわじわと這い上がっていくのだ。

やがて従者たちも異変に気づいた。下半身の違和感に目をやると、そこに恐ろしいものがたかっている様がぼんやりとだが見える。

「な…っ」

「うわっ、この、離れろ…！」

彼らは顔を歪めてうめき、ばたばたと足を払う。腿や腰に這い上がろうとしていた蟹を腕で懸命に叩き落とす。

しかし蟹はあとからあとから現れて払っても払っても這い上がってくる。ついに彼らは恐慌をきたして悲鳴を上げた。

ほぼ同時に、暴れる牛につながったままの牛車が大きく揺さぶられ、中から男の怯えた声がこぼれてくる。

晴明は舌打ちした。

黙殺してしまえと、心の内でそそのかす声がある。

そうだ、それがいい。厄介ごとに自らかかわってどうする。放っておくのが賢い選択だ。

踵を返して身を隠せばそれで終わる。

しかし、晴明がそうする前に、従者のひとりが彼に気づいた。

「助けてくれ……っ！」

思わず向けた視線の先に、半狂乱の面持ちでこちらに手をのばす従者の姿があった。

目が合う。男の唇が動く。助けてくれ、頼む、助けてくれ。

晴明が誰であるのかをわかっているとは思えない。彼は、たまたまそこにいて自分の叫びを聞き、振り向いて目を合わせただけの人間に縋っているだけだ。ほかに誰もいないから、助けを求めてきただけだ。別に晴明でなくても構わないのだ。

助ける義務はない。厄介ごとはごめんだ、目を逸らして打ち捨ててしまえ――。

その瞬間、晴明の脳裏に、十二対の剣呑な眼差しが浮かんだ。まるで晴明の心の動きを責めているような冷めた目。

そしてその向こうに、あの明け方に自分の差しのべた手を取ってくれた儚い面影が。

「――っ」

晴明は、ぎりっと唇を噛むと、右手で刀印を組んだ。

「オン……っ」

ふっと目眩がした。

ぐらりと回った視界。よろめいたのを自覚して、なんとか足を踏ん張り、片膝をついて堪える。

息が上がる。ひどい目眩がやまない。

「助けて、助けて……っ！」

群がった蟹に覆い尽くされかけた従者が絶叫する。蟹まみれになった牛車から公達が転がり出てきた。

「うわあぁぁぁっ！」

鼓膜をつんざくような悲鳴を聞きながら、晴明は立ち上がろうと全力を振り絞った。

その腕を、誰かが摑んでぐいと引き立たせる。

視界のすみを青い髪が掠めた。

爆発するように迸る凄まじい神気。

全身の力が一気に削がれていく。

晴明は目を見開いた。

「青龍…！」

名を呼ばれた十二神将青龍は、不機嫌そうに目をすがめた。

先ほど脳裏に浮かんだのと寸分違わぬ剣呑な目つきだった。

ふわふわと、体にまといついてくるような霧雨が降っている。

そして、それらを払いのけるように、刺々しく波打つ神気が広がっていく。

己れの腕を掴んだ神将の手を払い、晴明は気力で体を支えた。

自分は十二神将の主だ。十二神将たちは、いまこうしている間にも、彼の一挙手一投足を視ている。

晴明が、彼らの主たるに相応しいか。晴明の使役として仕えつづけるだけの価値がそこにあるか否かを。

脳裏に浮かんだ十二対の目は、彼らのものだ。突然それが浮かんだのは、彼らが晴明の取ろうとした行動を非難していたからか。

すぐ傍らに立つ十二神将は、成人の男性だ。

晴明より一尺以上長身の引き締まった体軀には、無駄なく筋肉がついている。長い布を右肩にかけ、腰帯で留めている。青く透きとおる髪は長めで、首の後ろで無造作に括られている。長さは不揃いで、頰に短めの髪がかかり、それゆえなのか実に不機嫌そうな面持ちだ。首にかかる装身具は青を基調にしており、それ以外でまとっているのは肩当や腰の鎧など、戦闘時に身を守るための防具だ。

長い前髪の隙間から覗く双眸は、夜の湖のような深い蒼。

十二神将木将青龍である。彼は、神将たちの中でもとりわけ戦闘に秀でた闘将だ。

彼の放つ神通力は、玄武や太陰が及ばないほど桁違いで、ここに顕現しているだけで晴明の気力と霊力を根こそぎ奪っていく。

「………っ」

ただ立っているだけで息が異様に上がっていく。玄武や太陰が顕現しても、ここまで急激な消耗は感じなかった。

神将たちに内在している神気の強大さに比例して、晴明の精気が削がれるのだ。

晴明は青龍を睨みつけた。

これでも、十二神将はいま、晴明の操る霊力に応じた神気しか発揮することができない。それは、彼らが持つ力の半分にも満たないのだ。

晴明が修行を重ね、己れを磨き、器を広げれば、十二神将たちは本来の実力を見せられる。果たしてそれまでに、どれほど時間がかかるのか。

力を削がれているのとは別の理由で、気が遠くなりそうだった。

「青龍……、私はお前を呼んでいない。何をしに出てきた」

全力で平静を装っている晴明を一瞥した青龍は、冷めた様子で視線を滑らせた。

闘将青龍は漆黒の蟹の群れに目をやった。

蠢く蟹は牛車を覆い、転がり出た公達と従者たちをも呑み込もうとしている。

軛につながれた牛が悲鳴を上げて全力であがき、揺れる牛車の車体に張りついていた毛むくじゃらの蟹が数匹剝がれ落ちた。

一尺ほどもある大きな蟹は八本の足をざわざわと蠢かし、牛の脚を器用によけてその腹に飛びかかる。

蟹たちが群がる山の下にのばされた腕が覗いている。弱々しく土を掻き、その手はやがて蟹の陰に消えた。

晴明は蟹の山に向かおうと足を踏み出した。が、膝が体重を支えきれずに体ががくりと沈む。

その腕を、後ろからのびた神将の腕が再び摑んで立ち上がらせた。

晴明は腹立ちに任せて青龍に怒鳴った。

「突っ立ってないであれをなんとかしろ！」

射殺しそうなほど苛烈な晴明の眼光を冷めた目で見返し、青龍は低く問うた。

「それは命令か」

「そうだ！」

目を怒らせた晴明が吠えると、青龍はふんと鼻を鳴らし、彼の腕を放して、やおら右手をのばした。

手のひらを地に向け、何かを掴むように指を曲げた青龍は、その手に神気の塊を作り出した。

渦巻く神気が青龍のまとった布や青い髪を翻し、霧雨を払って爆発的に広がっていく。

公達や従者に群がっていた漆黒の蟹の群れが、その波動を感じてざわめいた。

甲羅から飛び出た真っ赤な目が、青龍に向けられる。そして、その口から白い泡が一斉に撒き散らされた。

放たれた泡は放物線を描きながら飛来する。青龍は目をすがめると、右手を払って神気で泡を押し返す。

霧雨とともに地に散った泡は、しゅうしゅうと白煙をあげて沈んでいく。

晴明はそれを見てひやりとした。あれは触れたら危険な代物だ。

蒼い双眸の神将は冷え冷えと蟹の群れを見据えると、牛車の前に神気の渦を叩き落とした。音もなく生じた爆裂が蟹を吹き飛ばす。凄絶な神気に触れて、妖気もろとも瞬殺され毛むくじゃらの影が瞬時に消される。

たのだ。

あまりにも凄まじい神気のうねりは、晴明の耳から一瞬すべての音を奪った。

衝撃をもろに食らってよろめいた晴明は、今度は助け起こされることなく膝をつく。

疲労感がどっと押し寄せた。息をすることすら大儀で、肩が地に落ちそうだ。

必死で首をもたげた晴明は、牛車の主である公達と従者たちが身じろぎひとつせずに転がっているのを認めた。

つながれた牛は、がたがた震えて鳴いている。

腕の一振りで蟹の群れを掻き消した青龍は、晴明に冷淡な眼差しをくれた。

「……この為体で、我ら十二神将の主だと？　笑わせるな」

氷より冷たい無形の刃が晴明の耳朶に突き刺さる。

もはや反論する気力もなく、晴明は神将の冷たい視線を黙って受ける。だが、目を逸らすことだけはしなかった。

それをすれば、晴明は完全に資格を失う。

そんな気がした。

「晴明？」

ふいに、怪訝そうな呼び声がした。

晴明はかすかに目を細めた。振り返らなくても、声の主が誰なのかはわかる。

「わ？　十二神将じゃないか」

驚いて目を丸くしているのが声音から察せられる。次いで、濡れた土を踏んで駆けてくる鈍い音が聞こえた。

晴明の傍らに膝をついて、榎岦斎は怪訝そうに首を傾けた。

「どうしたんだ、珍しい。玄武や太陰じゃなく、青龍が顕現しているとは」

青龍は岦斎を一瞥すると、身を翻した。

「あまりにも不甲斐ないその戯けを、見かねて出てきただけだ」

こいつの使役だというのが実に腹立たしいと唸り、青龍はふっと姿を消す。隠形して、神将たちの世界である異界に戻ったらしい。

彼が隠形すると、精気が腹の底から抜け落ちていくような感覚が消えて、晴明の全身からどっと汗が噴き出した。

真っ青を通り越して土気色になった晴明の顔色に、岦斎はぎょっと目を剝く。

「晴明、大丈夫か⁉」

晴明は岦斎を、殺気のこもった目で睥睨した。

「貴様には大丈夫そうに見えるのか…！」

完全な八つ当たりだったが、それを抑えられないほど晴明は消耗していた。

自力では動けず、岦斎の手を渋々借りて立ち上がり、未だにぴくりともしない公達の許に行く。

公達の青ざめた面持ちを見て、晴明は舌打ちしたい気分になった。

藤原一門の公達だ。藤原氏は数が多く、全員の顔を知っているわけではない。

この男は氏の長者藤原忠平の長男実頼の、息子だ。

いくら晴明でも、国の頂点に立つ男の血縁者の顔くらいは頭にある。

左近府少将、藤原敦敏。言葉をかわしたことは当然ない。先方は晴明のことなど知らないだろう。晴明が勝手に知っているだけだ。

「……あとは任せた」

晴明は岦斎に言い渡すと、ふらふらとその場を離れる。

「あ、おい、晴明」

足取りのおぼつかない様子の晴明を追おうとした岦斎は、公達が低く唸ってかすかに身じろいだのに気づいて動けなくなった。

このまま捨て置くことはできない。岦斎とて、この男が何者かはわかっている。藤原の氏の長者一門は、当人たちが考えている以上に名と顔が知れ渡っているのだ。

気を失っていた敦敏が漸う目を開く。

「私…は…」

敦敏がのろのろと身を起こすと、従者たちも次々に意識を取り戻す。ふらつきながら起き上がって、恐る恐る辺りを見回した従者たちや牛飼い童は、怯えてうずくまっている牛によろよろと近づいていく。

敦敏は岦斎を見上げた。

「きみが…、あのばけものの群れから我々を救ってくれたのか…？」

「あー…いや、俺…いや、私では……」

言いよどみながら、岦斎はどう答えてよいものかと必死で考える。

この男は藤原忠平の孫なのだ。賀茂忠行を通じて、使役となした十二神将を披露せよと晴明に命じてきた、関白の血縁。

従者たちが駆け寄ってきて主を助け起こす。敦敏がまとっている上質の直衣は、霧雨と泥に汚れて見る影もない。髪も乱れて、未だに血の気の戻らない顔色は実にひどいものだ。

にもかかわらず敦敏は、気丈に振る舞ってみせた。

「では、私たちの危機を救ってくれたのは誰だ。命の恩人だ、礼を言わねば」

「その、私が駆けつけたときには、ここには誰も……」

いなかったと言おうとした瞬間、従者のひとりがあっと声を上げた。

「確か、安倍晴明がおりました」

敦敏は目を瞠る。

「安倍晴明？　確か、人と異形の間に生まれたという……」

岦斎は天を仰いだ。さすがだ晴明。お前は嫌だろうが、こんなにも有名人だぞ。

◆　◆　◆

毛むくじゃらの蟹の群れを操った術者は、陰ですべてを見ていた。

藤原敦敏を亡き者にという依頼を受けて、それを遂行しようとしたのだが、よりによってあの男に阻まれるとは。

噂は知っている。名も知っている。だが顔を見たのは初めてだ。しかし男にはわかった。

あれがあの安倍晴明であると。

術を使おうとしたからわかったのではない。顕現した使役ゆえだ。あれだけの力を持つ使役を持つ陰陽師など、ひとりしかいない。

「あれが、十二神将……」

どの神将かはわからないが、相当強い通力を持つ者だということはよくわかった。

そして、安倍晴明がその強い通力に翻弄されているだろうことも、見ているうちに察せられた。

術者はほくそ笑んだ。

「面白い」

いずれは安倍晴明に挑み、十二神将を奪おうと、ほかの数多の術者たちのようにこの男もまた考えていた。

しかし、実際に安倍晴明と神将を見て、気が変わった。

わざわざ命がけで挑む必要はない。このままじっくりと待てば、遠からず安倍晴明は自滅する。無理に十二神将を奪おうとしなくても、安倍晴明はいずれ自ら彼らを手放すだろう。

先ほど顕現した神将の通力は凄まじいものだったが、伝承にあるほどではなかった。異形のものは、陰陽師の使役下に入ると、術者の器に見合った力しか使えなくなる。術者が己れを磨いて霊力を飛躍的に向上させれば器も広がるが、それまでは術者にかかる負担が大きく、広がる前に潰れる場合が多い。

おそらく安倍晴明もその路をたどるだろう。十二神将を下すまでは成し遂げても、その先がつづかなければ意味がない。

晴明に直接仕掛けるよりは、少しずつ力を削いでいくほうがどうやら早道のようだ。

それにどうやら、晴明は十二神将を持て余しているらしい。あの険悪なやりとりを見ればわかる。式神が主を見下しているのだ。

そこをつけば、彼らの関係性は取り返しのつかないものになるだろう。

方法は幾(いく)らでもある。

男は喉(のど)の奥でくっくっと笑った。噂などあてにならないものだ。

「案外大したことはないな、安倍晴明……」

◆　◆　◆

帰邸(きてい)した晴明は、着替(きが)えもせずに茵(しとね)に倒(たお)れ込んだ。

体が重い。自分のものであるはずなのに、全身がまるで借り物のようだ。四肢(しし)に鉛(なまり)の重りを巻きつけられているとでも言えばいいのか。指一本動かすことすら億劫(おっくう)だった。

いつもなら出仕用の直衣を脱(ぬ)いで狩衣(かりぎぬ)に着替えるのだが、それすらできないほど消耗(しょうもう)している。

しばらくの間、茵と大袿(おおうちぎ)の上に転がって、真っ青な顔で目を閉じていた晴明は、程(ほど)なくして眠(ねむ)りの渦(うず)に呑(の)みこまれていく。

意識が完全に沈(しず)む寸前、晴明は、門扉(もんぴ)が閉じる音を聞いた気がした。

深い眠りというより、気絶と称したほうが相応しい晴明の頬を、ひやりとした風が撫でた。簀子に出る妻戸が、きしみながらゆっくりと開いていく。

霧雨の舞う外気が屋内に滑り込み、重く湿った空気とともに、幾つかの影がひょいひょいと入り込んできた。

大した力も持たない妖たちだ。雑鬼と呼ばれる彼らは、動かない晴明の様子を窺いながら、そろそろと近づいていく。

茵を囲んだ妖たちは、ぐったりと目を閉じている晴明の顔を覗き込んだ。

「……やーな顔色だなぁ……」

「見ろよ、呼吸が浅い」

「熱はないみたいだな」

「どころか、冷たいくらいだ」

「何かかけてやったほうがいいんじゃないか？」

「下敷きにしてる袿がいいだろ。せーの」

一匹の掛け声に合わせて、晴明の下から袿を引きずり出す。

転がって茵から落ちかけた晴明を、数匹が慌てて押し返し、その上にしわになった袿をかけてやると、雑鬼たちは大仕事を終えた様子でふうと息をついた。

彼らにとって晴明は、安倍童子と呼ばれていた頃からの顔馴染みだ。

彼らの姿を視る力を持った晴明に、一方的に親しみを覚えてちょくちょく敷地に入り込み、ここは自分たちの場所と庭の一角を陣取った。

晴明は彼らの勝手を咎めなかった。許したわけではなく、放っておいただけなのだが、雑鬼たちは気をよくして庭に出入りし、ときには晴明を誘って花見や月見に興じることもあった。

誘われた晴明が喜んでいたかどうかはさておき、雑鬼を追い出すような真似をすることもなく、彼はごく自然に振る舞った。

ようは、雑鬼がいてもいなくても気にしないだけだったのだが、雑鬼たちはそれを大層喜んだ。

雑鬼たちは、室内をぐるっと見回した。

今日は、あの恐ろしい神将たちの気配はない。そばにいるだけで体が硬直して心が萎縮してしまうような神気は、彼らにとって嫌なものだった。

神将たちがいると、体の表面がぴりぴりとして、おちおち夜寝もしていられないのだ。

「今日は、静かでいいなぁ」

一匹の言葉に、ほかの雑鬼たちは一斉に頷く。

「十二神将は、晴明にとってあんまりよくない式なんじゃないか？」

「ああ、俺も思った。あいつらがいると、晴明の奴、すっごくきつそうだ」

「式ってのは、主の役に立つものでなきゃいけないんじゃないのかよ」

「役に立ってはいるみたいだぞ。姫御前を追っ払ったしな」

「あれは……追っ払ったって、言えるのかなぁ？」

神将たちをいいようにあしらった、恐ろしく禍々しくも美しい女性の妖を思い浮かべ、それぞれがぶるりと身を震わせる。

「……御前もなぁ。背の君に会えないからって、晴明を身代わりにするのはどうかと思うんだよ」

ぽつりと呟いた仲間に、雑鬼たちはうんうんと相槌を打つ。

「いくら晴明が半分妖でも、持たないだろ」

「晴明も晴明だよな。断りゃいいのに、なんだかんだで律儀に相手してやってさ。ほだされるにしたって、相手は選べよなぁと俺は思うわけよ」

「確かに」

好き勝手なことを言いたい放題の雑鬼たちは、晴明の瞼が震えたことに気づかない。

「大体さぁ。晴明も、未練がましく人間世界にしがみついてないで、さっさとこっちに来りゃあいいんだ」

「俺たちの冥がりに棲んだほうが、こいつは絶対に生きやすい」

「だよなぁ……ひゃあっ！」

しかつめらしく応じた雑鬼は、袿の下からのびてきた冷たい手に無造作に摑まれた。

ぱっと飛び退った雑鬼たちを剣呑に睥睨し、晴明は大儀そうに身を起こす。

「……雑鬼どもが、何を好き勝手に……」

唸る晴明に摑まれた、猿に似た三本角の雑鬼がじたばたと足掻く。

「暴力はんたーい」

「はんたーい」

同胞の言葉を繰り返す雑鬼たちの、一糸乱れぬ大合唱に、晴明は苦虫を嚙み潰したような顔で猿のような雑鬼を解放した。

不機嫌さを隠さずに手を払い、出て行けと促す。

雑鬼たちは不満をありありと見せながら、ぶつぶつと小さな文句を並べ立てて、音もなくするりと出て行った。

据わった目でそれを見送った晴明は、肺が空になるほど深く重い息を吐き、立てた膝に額を押し当てる。

少しだけ、体が楽になっている。

ほんの少しだけ眠ったからではない。雑鬼たちが近くに来たからだ。彼らの発する極々弱い妖気を受けて、晴明の消耗は確実に軽減された。

唇が苦い笑みを作る。

冥がりに棲んだほうが、生きやすい。

彼らの言葉は、核心をついている。

神将たちの放つ神気は、いわば陽だ。対して、雑鬼たちの放つ妖気は陰。

陰陽師は、その名のとおり陰陽を司る。陰と陽を絶妙に拮抗させながら操り、様々な術を駆使する者だ。

しかし、半人半妖である晴明は、生来陰に傾きすぎている。

そこに、十二神将の強すぎる陽の力を絶え間なく浴びつづければ、ただでさえ危うい晴明の陰陽は簡単に狂う。くわえて、彼らの甚大な神気は、触れる者に恐ろしいまでの負担を強いる。

晴明の呼吸が上がる。額に冷たい汗がにじみ、ただでさえ血の気のない肌に残ったかすかな赤みが引いていく。

頭の奥に生じた鈍い痛みが刻一刻と強くなり、どくどくと脈打つたびに割れ鐘のような音を立てているようだ。

茵にばたっと倒れこみ、晴明は眉間にしわを寄せて激しい頭痛を堪えた。吐き気までしてくる。

閉じた瞼の裏に、どこまでも遠く広がる寒々しい荒野が見えた。

そして、その彼方に、ゆらゆらと立ち昇る。薄紅の陽炎のような炎。

透きとおる、紅の蓮のようなその――。

――……!

徐々に暗闇に包まれていく世界の奥に、低い声がする。

「……………」

――……

――……!　………が…………と……!

剣呑に荒らげられる、非難しているような叫び。応じるのは重々しく沈着な声音。

罵倒にも似た激しさを叩きつける、その声を知っている。

あれは。

闇の中で対峙しているのはふたつの影。

霧雨の舞う夕刻に顕現した十二神将青龍と、ひとりの老人だ。

腰に届く白髪を頭頂部で結いあげ、長い白髭を蓄えた老人だ。異国のものによく似た衣装をまとい、長い杖を持っている。中空に座し、しわの刻まれた面差しは、温和さなど欠片もなく、閉じた瞼を青龍に据えている。

青い髪の闘将が、牙を剝いて老人に食ってかかった。湖のような蒼い瞳が、うっすらと赤みを増して紫色になっている。

凄まじい眼光を向けられているにもかかわらず、老人は動じたふうもなく、手にした杖で地を打った。生じた音は決して大きくはなかったが、青龍はふつりと押し黙る。ぎらぎらときらめく双眸は激する感情をそのまま映していたが、彼はそれきりひとことも発しない。

無言で青龍を黙らせた老人は、厳かに口を開いた。何事かを青龍に告げる老人の語気は淡々としている。

彼らの語調も、声音の激しさも、険しさも、厳かさも、すべてが理解できるのに、どういうわけか会話の内容はまるで頭に入ってこない。

しかし晴明は、なんとなく理解した。

ああ、そうだろう。青龍。お前の怒りも苛立ちも、もっともだ。

こんな中途半端な男に従うのは、私でもごめんだ――。

◇　◇　◇

三

鳥のさえずりを聞いて、晴明はのろのろと瞼をあげる。いつのまにか朝が訪れていた。

呼吸が昨日より楽だ。全身にのしかかっていた倦怠感もやわらいで、少しましになっていた。

汗のにじんだ晴明の額に、ひやりと湿った布がそっと触れてくる。視線をめぐらせると、しかつめらしい面持ちの子どもが、枕元に端座し、黒曜の双眸で晴明をじっと見つめていた。

晴明は瞬きをして口を開いた。

「……何をしている、玄武」

抑揚に欠ける問いに、甲高い声音が重々しく返した。

「お前があまりにもつらそうだから、様子を見ているようにと、翁の指示があった」

翁、と、晴明は口の中で呟く。

夢のなかで青龍と対峙していた老人だ。

「昨日は、太陰が出る前に青龍が人界に降りてしまった。あれは青龍に非があるのだ。あれでなければ、お前がここまで弱ることはなかった」

翁が詫(わ)びていたとつづいた玄武の言葉に、晴明は目を閉じて答えない。

詫びる必要などないのだ。十二神将たちの、とりわけ青龍の憤(いきどお)りは至極(しごく)もっともで、彼らの神気に耐(た)えられない晴明に根本の原因がある。

「今日はこのまま休んでいたほうが賢明(けんめい)だ。先ほど太陰が、岦斎に報(しら)せに向かった。じきにあの男が様子を見にくるだろう」

「……余計な、ことを」

低く唸った晴明に、玄武は淡々と応じる。

「我はあの男を一応信用している。お前のそばにありながら、あの男には、お前に対する恐れや怯(おび)えというものがない」

侮蔑(ぶべつ)も憐憫(れんびん)も、そういう負の念というものが感じられない。あの男はまっすぐなのだ。

しかし、岦斎の奥にも、人間である以上、隠したものがあるのはわかる。

玄武は岦斎を信用しているが、信頼(しんらい)はしていない。

そしてそれは、主(あるじ)である晴明に対しても、同様なのだ。

「今日は物忌とでも称して邸に籠っていることだ。貴族たちがよく使う手だ。お前とて貴族の端くれ、不調のときにはそれに倣うべきだろう」

晴明は苦く笑うと、おもむろに起き上がった。

「晴明？」

「橘の邸に。修祓を執り行うと約束をした」

そして、それがすんだら、もう二度とあの邸に足を向けることはなくなるだろう。

晴明の表情からそれを見て取った玄武は、眉を吊り上げた。

「晴明よ。お前は本当に、それで良いのか」

ひたと見据えてくる神将の眼光は痛烈だ。八つかそこらの子どもの形をしていても、玄武は間違いなく、幾星霜もの時を生きる神の末席に連なる存在なのだと、思い知る。

「……何のことだ」

「とぼけるな」

玄武の語気が変わる。

漆黒の髪と目をした子どもは、にわかに立ち上がると晴明を傲然と見下ろした。

「逃げるなよ、人間。我らの主たらんとするならば、そのような無様な姿をさらすことは許さぬ」

玄武の目が鋭く光った。

「かりにも陰陽師が、己れの心を偽るか。言霊を操る陰陽師が、己れの言葉を穢すのか。胸の内にある言葉と口から紡ぎだす言葉が異なれば、お前の心もふたつに割れるぞ」

神将の語気は静かだが、放たれる言葉は苛烈を極めた。

「人間。お前は我らを従えたのだ。我ら誇り高き十二神将は、お前を主とさだめたのだ。その約定を違えるなと、我らはお前に言い渡したはずだ。言霊を違える陰陽師に、一体何の意味がある、我らを偽り人を偽り、己れすらを偽る陰陽師など、いかほどの価値があるというのか！」

「…………」

晴明は、無言で玄武の譴責を受けていた。表情は小揺るぎもせず、感情の欠片も見せず、彼は責められるままになっている。

何の感情もわいてこない。心のひだに突き刺さるような言葉を投げつけられているはずなのに、何も感じないのだ。

まったく反応がないことに焦れて、玄武はなおも言い募ろうと口を開きかけた。

そんな彼に、重々しい制止がかかった。

《やめよ、玄武》

玄武ははっと辺りを見回した。

「……翁……」

《晴明は、疲労が過ぎておる。そのような状態で何を言われても、正しい意図など感じ取れまい》

玄武に向けられる言葉は、晴明の耳にも聞こえていた。これは、耳の奥に直接響く声だ。

晴明は視線を落とし、深々と息を吐いた。

夢の中で聴いたのと寸分違わぬ重々しい響き。ひと月以上ぶりに聴いた声の主は、十二神将を統べる任を担う、天空だ。

人界と重なるようにして存在しているという異界にある天空の姿は、晴明の目には見えない。しかし玄武には視えるようだ。彼は一点を見据えて反論した。

「しかし、天空の翁よ。我は口惜しい。この男が己れを偽るのは、我らに対する裏切りにも等しい行いだ」

怒りに震える玄武の訴えを聞きながら、晴明は額を押さえて息を吐く。

夢だと思っていたあの光景は、おそらく夢ではないのだろう。

天空に食ってかかっていた青龍。彼は語気を荒らげて、十二神将を統べる老人に訴えたのだ。

――俺は認めん！　あの為体で、我ら十二神将の主だと……！

耳の奥に、鮮やかにこびりついている。ああまではっきり言われると、いっそ清々しいほどの拒絶だ。

大儀そうに立ち上がり、まとったままだった直衣を脱いで、狩衣に着替える。

厨の裏手にある水場にふらふらと向かって井戸から水を汲むと、晴明はその水を頭からかぶった。

気だるさと体の重さもさることながら、疲労で思考が霞む。水の冷たさでそれを無理やり払い、頭を振って滴を飛ばすと、晴明は額を拭って物騒な表情になった。

そこまで言うなら、いっそほかのほしいという奴にくれてやる。

もともと晴明が十二神将を欲したのは、目的があったからだ。それが果たされたいま、彼らに執着する理由はないし、彼らを従えつづける意味もない。

「晴明、そのまま出かけるのか」

あとを追ってきた玄武が、上半身ずぶ濡れのまま邸を出ようとする晴明に仰天した。

「せめて着替えろ、その形では体を壊すぞ」

晴明は神将を睨んだ。

「うるさい。私に構うな、十二神将」

「晴明？」

虚をつかれた玄武に晴明はまくしたてた。

「そこまで言うなら、どこへなりと消えろ。いかほどの価値もないという陰陽師に従いつづけることはない」

「そ…っ」

玄武は一瞬、傷ついたような顔をした。

しかし晴明は止まらない。

「どうした。さっきの威勢はどこへ行った。罵声は何も神将の特権じゃない。こちらが黙って聞いていれば偉そうに。貴様たちが好き放題言うならこちらとて好き放題言わせてもらうぞ、それの何が悪い！」

完全に居直った晴明は、二の句が継げない玄武をその場に残して門を出る。

まだ日は昇りきっていない。

ひやりと冷たい風には夜気が色濃く残っており、これから世界が完全に目覚めるまでにはまだ時間がかかると晴明に思わせた。

「晴明、待て！」

玄武の制止を払いのけるようにして歩き出した晴明は、視界のすみを黒いものが掠めたのを見た。

はっと身を翻す。

一尺ほどの大きさの蟹が土の中から這い出すと、白い泡を吐いて晴明に浴びせかけた。

咄嗟に手をかざしたが、蟹のほうが速い。

「…………………っ！」

両目にかかった泡がじゅっと音を立てて白煙をあげた。

晴明はうめきながら、目許を押さえてうずくまる。

ざわざわと肌を逆撫でするような音とともに、無数の妖気が出現した。

「晴明⁉」

門を出てきた玄武は、路の半ばでうずくまった晴明と、彼に押し寄せるたくさんの毛むくじゃらの蟹に息を呑んだ。

◆　◆　◆

「む……？」

いつもより相当早く目を覚ました岦斎は、小さな庭に出る妻戸の向こうに気配を感じた。

袿を羽織って妻戸を開ける。

日に焼けて変色した簀子に、栗色の長い髪を両耳の上で結った幼い少女が、ちょこんと腰を下ろしていた。

「太陰じゃないか」

目を丸くした岦斎を、十二神将太陰はゆっくりと仰ぎ見た。

十二神将の気配というものは、当人たちが考えている以上に強く、激しい波動を持っている。勘の良い者なら寒気や頭痛といった体調の変化でその存在を感じ取るだろう。

突出した霊力を持つ陰陽師ともなれば、たとえばどれほど深い眠りの底にあっても引き戻されて確実に目覚める。

榎岦斎は、いつもよりずっと早くに目覚めた理由が、十二神将太陰が無意識に放つ神気のせいであると知って口をへの字に曲げた。

できればもっとゆっくり寝ていたかった。今日の岦斎は遅くに出仕をしてそのまま明朝までの宿直なのだ。

岦斎の眉がひそめられたことに気づいた太陰は、怪訝そうに口を開いた。

「何よ、言いたいことがありそうじゃない」

「確かにあるが……」

応じながら、岦斎は太陰の横にどっかと腰を下ろした。

まだ夜の明けきらない空の下、夜着の上に袿を羽織っただけの岦斎は、少し肌寒いなと思った。水無月の早朝にしては、少し気温が低めのようだ。

「十二神将がうちにいるというのも、なかなか面白いから、まぁいいか」

「なんなの、それは」

要領を得ない岦斎の言葉に、太陰は眉をひそめる。男は声を立てずに笑った。

「式盤の神が目の前にいるんだ。陰陽師としては、感じ入るのが道理だと思わないか？」

「知らないわよ」

人を食ったような受け答えだ。太陰は眉間のしわを深くして岦斎を睨めつける。

幼い少女の形をした神将は、その見た目には似つかわしくない険を面差しに宿している。桔梗色の瞳は岦斎の心の奥底まで見透かしてしまいそうなほど深く、鋭い光を持っているのだ。

出で立ちも風体も、都にいる人間たちとはまったく違う。人間よりずっと長い時を生きていて、人間よりずっとたくさんのものを見てきているはずの神将だ。

神将というからには神なのだが、神に対する畏敬の念を呼び起こさせるほど威厳があるわけでもない。

それが昌斎には面白い。

彼が十二神将すべてを目にしたのは一度だけだ。しかし、確かに見た。その神気を肌で感じた。だから知っている。

十二神将を従えるのは、途方もなく難しいことだと。

霊力だけでなく、気力も胆力も必要だ。何しろ彼らは神の末席だ。その矜持を尊重しながら思いのままに使いこなさなければならない。

彼らの意に副わない言動がほんのひと欠片でも見えたなら、彼らは反旗を翻すだろう。

神を従えるためには、己れの我を徹底的に律しなければならない。

「晴明だけど」

夜明けの光が射しはじめて、神将の風体を照らす。両耳の上で結った栗色の長い髪が、涼しい風に遊ばれている。

「あんまり疲れているみたいだから、今日の参内はやめさせる」

昌斎は目をしばたたかせた。太陰の語気は、主を案じているとは言いがたい代物だった。

「……そうか」

「そうよ」

「まぁ、疲れてるわなぁ。そうだろうそうだろう」

腕を組んでうんうんとしきりに頷く岦斎を見やって、太陰は怪訝そうに眉をひそめる。

そんな太陰を見返して、岦斎は首を傾けた。

「それで、俺はどうしたらいいんだ？　陰陽寮と忠行師匠に、晴明は疲労困憊のため出仕を見合わせますと報告すればいいのか？」

太陰はさっと立ち上がった。

「そんなこと言ったら晴明の評判が落ちるじゃないのっ。もう少しましな理由があるでしょうが、ちょっとは考えなさいよ！」

きゃんきゃんとまくしたてる太陰の目線が、座っている岦斎より少しだけ高い位置にある。彼女をやや見上げるようにして、岦斎は思慮深い目をした。

「ちゃんと考えているとも。ほかのどんな理由より説得力があるぞ。晴明の疲労の原因はお前たち十二神将だ。そんなことは俺も師匠もわかってる。嘘をつくより正直に言ったほうがよほどいい」

淡々と告げる岦斎の目は静かだった。しかし、その奥に、静けさとは対極のものを見出した気がして、太陰は目をすがめた。

「……何、怒ってるのよ」

昰斎は眉を動かした。夜が明けてもまだやや涼しく、袿の袖に腕を通して再び組む。

「怒ってるというか、……うん、まぁ、ちょっと怒ってる」

「ちょっとじゃないじゃない、かなり怒ってるわ」

「うんまぁ、……相当、怒っても、いる」

「も？」

昰斎は頷いた。

それだけでなく。

「もうひとつ、結構呆れてもいる」

「は？」

思いもよらない昰斎の発言に、太陰は面食らって目を丸くする。

「いい機会だし、言わせてもらうぞ」

彼は幼い十二神将を睨めつけて、すうと息を吸い込んだ。

「ここひと月ばかりずっと見てきたが、いったいお前たちは何様だ。十二神将がそんなに偉いのか。誰も彼もが十二神将様様と平伏すると思うなよ。ついでに、どんなに文句があろうと不平不満が噴き出そうと、一度主と定めた以上は四の五の言わずに従ってあいつを慮ってやったらどうだこの考えなしの戯けもの揃いめが！」

ほとんど息継ぎもせずにまくしたてた昰斎の語気は、激しくはなかったが、とても冷たかった。

太陰は岦斎とこれまでに何度か顔を合わせてきたが、いつもの飄々とした語調とは打って変わった物言いだ。

彼はこんな言い方もできるのだと、太陰は初めて知った。

岦斎は息をつき、立ち上がった。

「それで、晴明はどうしてるんだ。また倒れてるんじゃないだろうな」

「そ……だけ、ど…」

びっくりしすぎてうまく声が出せない太陰を見下ろして岦斎は渋面を作る。

「で、お前たちはそれを見てまた不甲斐ないとか情けないとかなんだってこんな人間が自分たちの主なんだとか、思っていたりするわけか。あーやだやだ、これだから矜持ばかりが高い神ってのは始末に負えない」

「…………待ちなさいよ」

それまでほぼ一方的に糾弾されていた太陰は、ようやく我に返って目を怒らせた。

彼女の全身から神気が迸り、冷え冷えとしたうねりとなって風を生む。渦巻く風をまとってふわりと浮きあがった風将は、岦斎と目線が同じ高さになったところで静止した。

「人間風情が偉そうに…！　あんたがわたしたちの何を知ってるっていうの、何をわかってるっていうのよ！」

「わからないしわかりたくもないわ！　もしひと月前に戻れたら、こんなわからずやで冷たくて優しさの欠片もない神将なんぞ従えるのはやめちまえと晴明に言ってやるところだ！」

「あんたにそんなこと言う権利ないわよ！　晴明はちゃんと約定を交わしてわたしたちを従えたのよ⁉　それがどういうことなのかわかる⁉」

「主だ義務だ責任だと押しつけるだけ押しつけることしかしない使役のせいで、晴明が気力も体力も霊力も根こそぎ奪われてるってことしかわからんわっ！」

「そんなのわかりきってたことじゃないのっ！　陰陽師なんだから！」

「陰陽師がなんでもわかってると思うなよ⁉　あのときの晴明にそんなことを考える余裕があったと思うのか戯け！　なんでもかんでもお前たちの思ってる通りに事が運んでたまるか！」

「こ…っ！」

顔を真っ赤にして反論しかけた太陰に、岦斎はさらにたたみかける。

「晴明が何を思っているか何を考えているかを想像することもできないような十二神将に、何か言う権利があると思うなよ！」

太陰は、わなわなと肩を震わせた。

「――言いたいことは、それだけかしら」

先ほどまでとは打って変わった静かな語気に、岦斎はやや怯んで押し黙った。

十二神将太陰は、岦斎をぎっと睨みつける。

「わたしたちは安倍晴明に従ったのよ。使役としての約定を交わしたの。晴明が、わたしたちの力がほしかったし必要だったから」

岦斎は黙然と太陰を見返す。知っている。晴明がどうしてそれをしなければならなかったのか、岦斎は。

太陰の両手が拳を作り、震える。

「なのに、それがすんだらもうお前たちなんていりませんて顔されるわたしたちの気持ちが、あんたなんかにわかってたまるもんですか！」

安倍晴明は、神将たちに対して決して心を開かない。彼の心がまったく見えない。

神将たちが主とさだめた男は、果たして何を思っているのか。何を考え、何を見て、何を望んでいるのか。

十二神将は神の末席にその名を連ねているが、全知でも全能でもない。どれほど彼の望みに副いたいと思っても、彼の力になりたいと思っても、彼がそれを示さなければかなわない。

なんの縛りもない自由な身だった頃とはもう違う。使役となったいま、行くあてを決めて神将たちを導けるのは、安倍晴明だけなのだ。

妖と人間の血を半分ずつ持っている安倍晴明。彼はおそらく、妖たちの棲む冥がりに近いところを歩むほうが生きやすい。

それは、あの男が生来持っている魂が、妖たちのそれに近い色を持っているからだと、十二神将たちはみな気づいている。

だから、潔癖な青龍は晴明を嫌う。あの男に従うことを拒絶しようとしている。

青龍の言動は苛烈だが、太陰はそれに同調する己れを無視できない。

「榎岦斎、あんたはわたしたちに晴明を理解しろと言う。でもあんたは陰陽師だわ。闇を使役し、魔を使役し、神すら使役する陰陽師。なら、あんたは、わたしたちの心を理解しろと晴明に言うこともできるのよ！　なのにどうしてそれをしないの⁉　陰陽師なのに！」

悲痛なまでの訴えに、岦斎は目をすがめた。

「陰陽師である前に、人間だからだ」

そして、安倍晴明もまた、陰陽師である前にひとりの人間で、ひとりの男だ。

岦斎は息をつき、僅かにうるんだ目で睨みつけてくる太陰を見返す。

「十二神将たちにとっては晴明は主で、自分たちを従えた陰陽師、なんだろうな。それじゃ嚙み合わないのは当たり前だ」

十二神将太陰は、まるで癇癪を起こした子どものようだと岦斎は思った。

神というのは手前勝手なものだから、一方的に押しつけていることに気づきもしない。それでいいのだ。神は。

しかし、十二神将は安倍晴明の使役に下った。彼らは式神なのだ。式には式の理がある。

「晴明自身を見てやれよ、でなきゃお前たちの声は決して届かないと思うぞ」

彼の言葉に、太陰は顔をくしゃくしゃにした。

「あんな従い甲斐のない主を持った使役の気持ちが、あんたにわかるもんですか……っ！」

岦斎は応じる。

「うんうん、まったくだ。お前たちに、友を案じる俺の気持ちがわからないようにな」

「なんであんな男に理解を示せるのよ!?」

「お前たちより、やや付き合いが長いからかなぁ」

薄く笑う岦斎の目が、どこか遠くを見ているように感じられて、太陰は胡乱げに眉をひそめる。

この男も陰陽師だ。しかし、陰陽師である前に人間だ。

十二神将たちは、人間のことをよく知らない。よくわからない。こういうものだろうという想像はできても、実際のところはどうなのか。

　岦斎の言うように、本気でそれを考えたことはなかった。神将たちは、岦斎の言葉通り自分たちの意思だけを晴明に押しつけて、彼の真意を正しく汲み取ろうとしたことはなかった。

　だが、それの何が悪いのだ。十二神将を従えたのだ。十二神将とはなんたるか、どういうものなのか、わかろうとしない晴明にこそ非があるのではないのか。それを怒って何が悪い。

　冷たい簀子に腰を下ろして、岦斎は空を見上げた。陽の昇る空は刻々と色を変えていく。自然の見せる芸術だ。同じ景色は二度とない。

「晴明は結構苛々しやすいからな。それがお前たちに伝わって、お前たちが苛々して。それがまた晴明に伝わって、更に更に苛々して、それがまたお前たちに…という堂々めぐりなんだよなぁ」

　太陰は頭を振る。

「……最悪じゃない」

「だな」

　応じて岦斎は、太陰に目を向けた。風をまとって浮いていた神将は簀子に音もなく降り立って、悄然と肩を落としてうなだれる。

「……わかってるわよ」

ぽつりと呟いて、太陰は拳を握り締めた。

「わたしたちを従えたことを、晴明は後悔してる。わかってるわよ、それくらい……」

疎まれていることくらい、わかる。大変な思いをさせている。そんな目に遭わされたら、そうなって当然だ。

岦斎は瞬きをして、低く唸ると首を傾けた。

「…………それは…どうだろうか」

その胡乱げな響きに、太陰は怪訝そうな目を向ける。

つい先ほど十二神将に堂々と啖呵を切った青年は、腕を組んで思案するように目を閉じていた。

「どうかなぁ？　あいつは自分の気持ちにはとんと疎いからなぁ」

後悔はしているだろう。しかし、神将たちを従えたことを後悔しているかというと、そうとは限らないのではないだろうか。

安倍晴明という男は複雑でひねくれて捻じ曲がっている。だから奥底が見えにくい。

彼自身にすらも。

「……案外」

何気ない風情で、岦斎は告げた。

「お前たちが疎ましがられているだろうと思っているから、疎ましいと思っているのかもしれないけどなぁ」

男の言葉は回りくどくてわかりにくい。

「なん……」

口を開きかけた太陰は、風に運ばれてきた同胞の《声》を聴いて、息を詰めた。

《晴明が――！》

「…………………！」

唐突に沈黙した太陰の面差しから、またたく間に血の気が引いていくのを昌斎は見た。

「どうした？」

太陰は掠れ声を絞り出す。

「…晴明が…襲われた……」

瞠目した昌斎は腰を浮かせた。

焼けつくような痛みがあった。

眼の奥を刺すような鋭い痛みと、脳髄まで沸騰するような熱さ。それが思惟をぼやけさせている。

どれほど時間が経ったのか、それすらもおぼつかない。

傍らに気配がある。人のものではない。人外の気配だ。

「……おー、気がついたか晴明」

「よかったよかった」

「大丈夫…なわけないか」

耳の近くでいくつもの声がする。馴染みのある声音は、幼少の頃から邸に出入りしている雑鬼たちのものに相違ない。

神将たちの神気は近くにはないようだった。隠形しているのだろうか。

袿の下から手を出して顔に触れた晴明は、目を覆った布の感触に眉をひそめた。途端に引き攣れるような激痛が走り、声にならないうめきが喉の奥からこぼれた。

「あ、触ったらだめだって」

「ただれてるんだよ。一応薬塗ってある」

「まぁ、手当てしたのは、俺らじゃないんだけどな」

では誰が、と言いかけたとき、静かな足音が耳朶に触れた気がした。

雑鬼たちがさっと飛び退くのが感じられた。梁に上がったようだ。息をひそめているのがわかる。

さらさらと衣擦れが響いた。視覚を遮断されたためか、聴覚が普段よりはるかに鋭敏になっているようだった。

背には茵の感触。かけられた袿の肌触りは慣れ親しんだもので、おそらく自室であろうと晴明は判断する。

焼けつく痛みに、何があったかを思い出そうと記憶を手繰った晴明は、鼻孔をくすぐる香を感じ取ってふっと息を詰めた。

「ああ、お目覚めになりましたか、晴明殿」

涼やかな声音にほっとしたような安堵の色があるのを感じ、晴明は僅かに首を動かして声のしたほうに顔を向けた。

「ようございましたわ」

「……荷葉……殿……？」

警戒の響きを隠しもしない晴明の声に、橘家に仕える女房荷葉が、ほんの少し笑う気配がした。

茵の傍らに膝をつく音がして、ひやりと冷たい指が頬に触れてくる。晴明は身じろいで、その指から顔をそむけた。

途端に激痛が両目から脳天へ突き抜けた。

「……っ」

うめきを喉の奥に呑み込んで、晴明は歯を食い縛る。

思い出した。

毛むくじゃらの蟹だ。

明け方、十二神将玄武と言い争いをして水をかぶり、そのまま邸を出た。

門の外に足を踏み出した途端、黒い蟹がわらわらと現れて、隙をつかれて目潰しを食らったのだ。

黒い蟹の吐いた泡は白く、咄嗟にかざした手より早く、晴明の両目を襲ってじゅっと嫌な音を立てた。あのとき鼻をついた形容しがたい臭気は、肌と目が焦げて生じたものだろう。

最後に見たのは数えきれない黒い姿と、白い泡と、無数の赤い目だ。

あの妖の群れは、この安倍の邸の外で、晴明を待ち伏せていた。そしてまんまと襲われた。

うずくまった晴明に蟹たちの妖気が、波のように迫ってくるのを確かに感じた。目が潰れたかと思うほどの激痛に呑み込まれて、そのあと何があったのか晴明は覚えていない。

おそらくは意識を失った。そして、あとを追って邸から出てきたはずの十二神将玄武が、あの妖たちを撃退したのだろうと思った。

晴明を運んだのも玄武だろう。いや、これほどに体が重いのだ。もしかしたら誰か別の、玄武より通力の強い神将が顕現したのかもしれない。玄武の小さな体軀では晴明を引きずらなければ運べないのだから。

昨日の夕刻、退出する左近府少将藤原敦敏を襲撃したのと同じ、毛むくじゃらの蟹の群れ。

あれは貴族たちの権力争いに起因して放たれたものだと、晴明は考えていた。自分はたまさかそこに居合わせ、見て見ぬ振りができず結果的に敦敏を救うこととなった。あれを放った術者は、晴明が敦敏に味方する者であると判断し、先にこちらを潰しておくことにでもしたのか。

あるいは、晴明の使役する十二神将を狙う者であるのか。

いずれにしても晴明は襲われ、無様にやられてこうして横たわっているというわけだ。

「……晴明殿、何がおかしいのです？」

荷葉の問いが、自分がどんな表情を浮かべているのかを晴明に報せた。

彼は唇を歪めて、自嘲気味に笑っていた。

この為体を神将たちはつぶさに視ているのだ。そろそろ愛想も尽きるというものだろう。

主従の約定は自分の命がある限りつづく。しかし、こちらが主としての器に足らぬと彼らが判断すれば、その限りではなくなるだろう。

神の末席である十二神将は永遠にも等しい命を持っているが、力不足の人間が生を終えるまで使役として従いつづけるほどもの好きではあるまい。

もういいだろう。晴明が背負うには、十二神将は重すぎる。

彼らが晴明に向ける眼差しは、あまりにも強すぎる。冥がりに近しいこの身には、眩しすぎて灼かれてしまうと、錯覚するほどに。

重い息を吐き、晴明は口を開いた。

「荷葉殿、なぜ我が邸に？」

茵の傍らに端座していた荷葉は、嘆息まじりに答えた。

「昨夜遅く、姫がまた熱を出されたのです。殿が大層案じられて、晴明殿をお連れ申し上げるようにと言いつかってきたのですけれど……」

朝になるのを待って邸を出た荷葉は、先日のように離れた場所で牛車を降り、邸の門を叩いた。しかし、待てど暮らせど返答がない。

不在かと思いきや、門に閂はかかっておらず、奥からうっすらと透ける小さな人影が現れて、入るようにと彼女を促した。

「あれは、噂に聞く晴明殿の式でしょうか？」

晴明は答えない。おそらくは神将の誰かだろうが、確たる証拠もないのに、意識のない間のことを訊かれても、答えようがない。

橘家に仕える女房は、答えない晴明に気を悪くすることもなく、淡々とつづけた。

「そのまま促されるようにしてこちらに伺いましたら、晴明殿が臥しておられたのですわ」

そうして彼女は、晴明の目許を覆う布についと触れてきた。

「何ごとがあったのです？　ひどいお怪我を……」

晴明は緩慢な動作で彼女の手を押しやり、抑揚のない語気で答えた。

「見ての通り。早々に戻られ、橘の翁にお伝えいただきたい。この有様だ、姫のことは誰か別の陰陽師に助けを求められるがよろしかろうと」

この女もそれを望んでいたのだ、さぞ満足だろう。

荷葉は無言だった。息遣いも感じられない。

立ち上がる様子もなく、ずっとそこにいる荷葉が何を思っているのか、晴明にはわからない。

しばらく降り積もっていた沈黙を、彼女のささやくような呟きが打ち払った。

「……今後橘の姫には、二度と関わらないと、お約束くださいますわね」

その声は、耳のごく近くで響いた。気づけば吐息がかかるほどの距離だ。

頬にはらりと糸のようなものが落ちてくる。荷葉の長い髪だろう。かすかに漂う女と同じ名の香が鼻先をくすぐり、晴明は説明のできない不快感を覚えた。

橘若菜に近づくことはもうしない。そう思っていた。だがそれは、誰か他人に強要されることではない。

「……なぜそこまで、彼女に近づくなと念を押す」

低く問うた晴明に、荷葉ははっと息を呑んで、離れたようだった。荷葉の香が遠ざかる。彼女のまとう香りは彼女がどこにいるのかを晴明に教えてくれる。

衣擦れが耳に忍び込む。音源が離れていく。廊に出た。板の廊を足音を立てないようにしながら移動する姿が脳裏に浮かぶ。

「先ほどのお言葉は、殿にしかとお伝えいたしましょう。明日にでもまた、伺います」

一旦言葉を切って、彼女はうっすらと笑ったようだった。

「不可解なと思っておいでのご様子。これでもわたくしは、御身を案じておりますのよ」

　そのまま安倍邸を出た荷葉は、誰もいないというのにゆっくりと動いて閉じられた門を顧みて、ひとりごちた。

「なぜ、ですって？」

　呟く彼女の目が、苛烈に光る。

「あなたに関われば、あの姫は冥がりに近くなる。冥がりに呼ばれ、冥がりに呑まれれば、戻って来られなくなるからよ」

　頭を振って身を翻した荷葉は、剣呑に唸った。

「もっとも、もう手遅れかもしれないけれど」

　まるでそれに応じるように、どこでもないどこかで、たぷんと水の揺れる音がする。

　女は耳を澄ませた。

　――嗚呼、禍だ、禍だ
　――冥がりを呼ぶ禍だ
　音ならぬ音がする。声ならぬ声がする。

　都の至るところで、視えないものが叫んでいる。

◆　◆　◆

荷葉の香りとともに女の気配が消えたのを確かめて、晴明は肘を支えにして緩慢に身を起こした。

いつものように体が重い。先ほどまで近くにいた雑鬼たちのおかげで気怠さはさほどでもないが、動くのはひどく億劫だ。

目許に巻かれている布を、乱暴な手つきで引きはがし放り投げ、じくじくと熱を持った激しく痛む瞼をそっと押さえた。

雑鬼たちがただれていると言っていたが、指先に触れた感触は確かにそうなのだろうと晴明に思わせた。

薬を塗ってあるということだったが、手当てをしてくれたのは誰だ。

荷葉か。否、もしそうであるならばあの女はそれを晴明に伝えるだろう。恩に着せる格好の材料だ。

では、誰が。

ふいに、明け方言い争った幼い面差しが脳裏に浮かんだ。

「玄武…？」

瞼を閉じたまま顔をめぐらせる。神気はどこにも感じられない。しかし異界で晴明を視ているはずだ。いつものように。

「玄武、答えろ」

ふと、風が動いた。閉じた瞼の、どくどくと脈打つ痛みがひときわ大きくなる。

神将の放つ神気の波動が、ただれた肌を撫でるのだ。触れられたわけでもないのに、これほどの痛みがある。そこにいるだけで晴明の体力も霊力も削り、奪っていく。

本当に厄介な式神だ。どうしてこんなものを下してしまったのか。目先しか考えなかった自分の愚かしさに目眩がしそうだった。

そうなのだ。自分は愚かなのだ。

だから、誰かに何かを強要されると、それに反発したくなる。自分で決めたことではないものを強いられるのは、どうしようもないほどに腹が立つ。

「玄武、手当てをしたのはお前か」

問うてから晴明は、そこに神気がふたつ降りているのに気づいた。息を殺すようにして、神気を極限まで抑えているので、察するのが遅れた。

神将たちは答えない。瞼を開けない晴明は、彼らがどんな顔をしているのかもわからないので、返答があるのを辛抱強く待った。

神気を感じる。生きている感覚すべてを駆使して、晴明は神将たちの様子を窺った。妖の攻撃を受けてこのような醜態をさらしている晴明を、彼らはさぞ怒っているだろう。

罵声や怒号がくるかと身構えていた晴明の耳に、漸う発されたか細い声が、鋭く突き刺さった。

「……晴明」

玄武のものではない。幼い少女の声、十二神将太陰だ。

晴明はかすかに眉をひそめた。皮膚が動くたびに生じるじくじくとした痛みをやり過ごす。

彼女の、きゃんきゃんとうるさく耳障りな怒号は、さすがにいまは御免こうむりたい。

しかし、彼の予想に反して、太陰の語気は静かだった。

「……目……、大丈夫……？」

「…………」

晴明は、ふと、息を呑んだ。

六つ程度にしか見えない幼い形の神将。気の強い、時には荒々しささえ感じる甲高い声がつむぐ言葉は常にきつい、険しいものばかり。

ずっとそう思っていた。

なのに、どうしたことだ。

いま、陽の射さない真夜中のような世界にいる晴明の耳に届くのは、いままで一度も聞いたことのない遠慮がちな響きだった。

そろりと、神気が近づいてきた。全霊を研ぎ澄ましている晴明は、子どもの手がそうっとのばされる様を、目ではないところで確かに視た。しかしその手は、もうすぐ頬に触れそうなところでぴたりと止まり、引き戻されていく。

「手当ては、天一に頼んだのだ。我らでは、ない」

玄武の声音も、晴明が拍子抜けするほど精彩に欠ける。

天一の姿を脳裏に描いた晴明は、彼らとの初遭遇のときを思い出した。

ほとんどの神将は晴明に敵意にも似た激しい眼差しを向けてきた。それ以外のものを見たことがない。

ただれて開けない瞼の裏に見える神将たちの面差しは、険のあるものばかりで。

だから晴明は、いま太陰や玄武がどのような表情でいるのか皆目見当がつかず、それがとても残念だと感じている自分に気づく。

彼らの声音にも、自分の心にも。

晴明は本当に、驚いていた。

外気にさらされたただれた瞼がひりひりと痛む。それを無理に開こうとすると、引き攣れて激痛が駆け抜けた。

「……っ」

片手で目許を覆い、低くうめく晴明の耳に、狼狽した声音が飛び込んできた。

「晴明！」

「なぜはずしたのだ、ばか者、早く薬を……」

子どもの形をした神将たちの声からは、いつものような尊大な響きはすっかり消え、本当の子どものように、ただ狼狽えて、焦って、晴明を案じているのが伝わってくる。

光のない暗闇の中で、視覚以外の五感すべてを研ぎ澄まし、晴明は全霊を使ってそれらを捉えようとする。

いままで自分は、確かに彼らを見ていた。

しかし、果たして彼らを視ていただろうか。

彼らが見せる上辺ではなく、彼らの心の奥底を視ようとしていただろうか。

自分の労苦にばかり目を向けて、彼らの訴えている言葉を、真実聴いたことはなかった。

先ほど晴明が無理矢理に引きはがした手当てのための布を、玄武が不器用な手つきで巻き直そうとする。

手当てをしたのは天一だと言っていた。なるほど確かに、いまの玄武の手つきでは、ほかの誰かに頼んだほうが確実だと思えた。

十歳にもならないような子どもの形をしている玄武は、おっかなびっくりという様子でそろそろと布を巻く。

その傍らにもうひとりの神将太陰がおり、息を呑んでじっと見つめてくるのを、晴明は感じていた。

しばらくたって、晴明の耳朶に、遠慮がちな問いが触れた。

「……痛む？」

子どもの甲高い声音は、心底案じている響きだ。

見えていなくても、いまの神将たちがどんな表情であるのかが、手に取るようにわかった。

不思議だ。彼らの声音が晴明に教えてくれるからだ。

目が見えないいまのほうが、目で見ていたときよりずっと、彼らの心に触れているような気がする。

「………」

口を開きかけた晴明は、途端に目の奥を突き刺すような激痛に襲われて息を詰めた。

何者かの嗤う口元が、暗闇の中にひらめいて消える。

巻き直された布の上から両の瞼を押さえるようにして、晴明は歯噛みした。

布を押さえた手のひらに、ぴりぴりと突き刺すような負の波動を感じる。

ずくずくと熱を持ち、脈打つたびにうずいて痛む瞼の傷は、物理的な損傷以上に、晴明の目の光を奪う色濃(いろこ)い力を持っているのだ。

漆黒(しっこく)の、毛むくじゃらのあの蟹(かに)は、何者かの放った式だ。蟹の放ったあの泡(あわ)にひそませて、術者は晴明に呪(しゅ)をかけた。そしていま晴明がどのような状態かを想像し、嘲笑(あざわら)っている。

術者は晴明が邸(やしき)から出てくるのを待ち構えていたのか。ならばあのとき近くにいたはずだ。神将たちはどうしてそれに気づかなかったのだ。

「……あの蟹を操(あやつ)っていた術者は」

晴明の低い問いに、神将たちが顔を見合わせる気配を感じた。その場にいたのは玄武だ。太陰は、榎岦斎の邸に赴(おもむ)いて不在だった。

十二神将玄武は、戦うための力を持たない。しかし、蟹の攻撃を防ぐための守りの力は持っている。

あのとき、さながら波のように押し寄せた蟹の妖気(ようき)。晴明は、激痛にのたうったところまでしか覚えていない。

「私を襲ったあの蟹の群れは、あのあとどうした？　玄武」

主(あるじ)の問いに、玄武は静かに答えた。

「……お前を囲む障壁を織り成し、あの皮膚を侵す泡を水で洗い流している間に」

そこで玄武は少しだけ言いよどんだ。

「玄武？」

訝った晴明に、玄武はいささか躊躇った風情でつづけた。

「……顕現した青龍が、まとめて蹴散らした」

「青龍が？」

さすがに驚いて問い返す晴明に、答える玄武の声は妙に歯切れが悪い。

「その…、お前には言うなと、青龍に言い渡されていたのだが…。しかし、お前に偽りを述べることは許されまい。お前は陰陽師だ、言霊の真偽をたやすく見破る」

だから、正直に答えたのだと、言外に玄武は告げるのだ。

「……青龍が顕現したので、お前の体力がまた恐ろしいほど削がれたのだが…」

「それは仕方がなかったのよ。だって、玄武だけだったら晴明が危なかったかもしれないんだもの。わたしも、いなかったし……」

割って入った太陰の語気が、徐々に小さくなっていく。

「………ぅ…っ」

布に顔の上半分を覆われた晴明は、苦笑しかけて激痛にさいなまれ、低くうめいた。

かばいあう神将というのを、晴明は初めて見た。いや、正確には見えていないのだから、初めてそれを聞いた、と言うべきだろうか。

目覚めた時、周囲に雑鬼たちがいたのを思い出す。

青龍が顕現したという割には、胆力や気力が回復している。雑鬼たちの妖気が削がれた力を補ったのだろう。

しかし、決して万全とは言い難い。目の光を奪った呪詛も、じわじわと晴明を消耗させる。

一息にではなく、時間をかけて着実に破滅へと追いやる呪術だ。

痛みを堪えていた晴明は、ぴくりと肩を震わせた。

庭先に気配が生じたのを、感じる。

「晴明、とにかく休んで…」

太陰が押し黙った。

神将ふたりの神気が鋭利に変貌する。

簀子に出る妻戸がきしみながら開く音がした。奇妙なほど冷ややかな風が吹き込んでくる。

その風が運んできた、花の香。

さらさらと滑り込んできた衣擦れが耳朶をくすぐり、花の香に巧妙に隠された妖気が肌を撫で上げ、全身がぞわりと総毛立つ。

ずくずくと痛む顔を、のろのろとそちらに向ける。

衣と髪が立てるかすかな音は、いつもなら気づきもしないだろう。しかしいまの晴明には、それらが驚くほど鮮明に聞こえるのだった。

『妖どもが騒いでおるぞ、晴明』

「御前……」

唸る晴明に、姫御前がくつりと笑う。

『安倍晴明が、いずこかの術者が放った使役に後れを取ったとな。まさかと思うて来てみれば、なんとしたことか』

御前がどのような所作を見せているのか、晴明には察しがつく。

小さな衣擦れと風の動き。彼女は手にした扇を口元にあてているだろう。そして、自分と神将たちを傲然と眺めているはずだ。

あの、恐ろしいほど冴え冴えと冷たい眼差しで。

同時に晴明は、己れの身の内深くで、蠢くものがあるのを確かに感じた。それは、彼の血に眠る仄白い炎だ。

彼が、母親から受け継いだ妖の力。それが歓喜に打ち震えている。

十二神将青龍の神気によって削ぎ落とされ、根こそぎ奪われた力が、姫御前の妖力を受けて回復しつつある。

それは彼が、人の世ではなく、妖たちの生きる冥がりに、より近しくなっていることを示すものでもあるのだ。

どくんと、胸の奥で鼓動が跳ねる。弱り切っているいま、彼女の放つ妖気は晴明を搦め捕って冥がりの深淵に、たやすく引きずり落とす。

気づけば御前の気配は、晴明のごく近くまで迫っていた。

花の香が一層強まり、感覚がそれ一色に染められる。視覚を断たれた分、嗅覚はいつもより遥かに鋭敏で、頭の芯がくらくらと揺れる。

危うい。身の内にある仄白い炎が強まっていくのを感じる。

御前の指が頬の近くに迫ってきたのを感じた。

そのとき、彼女が唐突に動きを止めた。

『……これは……』

剣呑な呟き。彼女が身じろぐのを衣擦れが伝えてくる。

姫御前の放つ気配が震えるように波打つ。

見えない晴明には、何が起こっているのかが、それ以上はわからない。

一方、臨戦態勢を取った十二神将太陰は、晴明に近づく姫御前を凝視していた。

のばしかけた手を御前が突然止める。彼女がはっと目を瞠り、視線を走らせ顔色を変えたのを認めるや否や、太陰は右手を振り上げた。

「晴明から、離れなさい！」

怒号とともに太陰が放った風は、細く激しい槍のような突風だった。

姫御前は華麗に身を翻してそれを避ける。舞うような身ごなしで後方に滑り、庭にふわりと降り立つと、彼女はまとった衣を優雅に払った。

太陰はそのあとを追って部屋を飛び出す。

風と気配の流れでそれを察した晴明は、思わず腰を浮かした。しかし、見えない足元はおぼつかない。均衡を崩してよろめいたのを、慌てて駆け寄った玄武が支えた。

「太陰と、御前は」

「外だ。あまり近寄りたくない空気を、互いに醸し出しているぞ」

玄武は本気で及び腰になっている様子である。彼の様子に、晴明は思わず笑いかけたが、激痛がそれを阻んだ。

晴明は手をのばして何もないことを確かめながら足を運ぶ。玄武は仕方なく彼を支えながら簀子に誘った。

太陰と御前は、庭先で対峙していた。緊迫した空気が周囲の温度を一気に下げる。御前の放つ妖気と太陰の放つ神気がせめぎあい、冷たく渦巻いているのだ。

玄武は、同胞の面持ちが、いつになく冷たいものであるのを認め、内心震え上がった。あれは、相当怒っているのだ。

晴明は簀子の高欄に両手をついた。目では見えないが、全身の感覚で、太陰と姫御前の様子を窺う。

「晴明はわたしたちの主よ。あんたのような得体のしれない妖に、触れられるのは二度と御免こうむるわ」

太陰の全身から立ち昇る神気が激しさと鋭さを増していく。

対する姫御前は、ついと目を細めて小さく笑った。

太陰の眉が吊り上がる。扇に隠された御前の口元は、小ばかにしたような笑みを形作っているに違いない。

『使役風情が何を言うたとて、決めるのは主であろうよ。のう、晴明』

涼やかに視線を滑らせる御前の声は、どこまでも艶やかで悠然としたものだ。

「晴明が何を言おうと、わたしが嫌なのよ。わたし、あんたが大嫌い」

きっぱりと言い切った太陰に、姫御前がころころと笑った。

『これはまた、奇遇よのう』

まったく同意見だと、言外に告げている。

御前の双眸が冷たく輝いた。

『して、なんとするのかえ？』

太陰は答えなかった。言葉では。

　やおら両手を掲げ、渦巻く風を御前めがけて繰り出す。形のない風の鉾が姫御前の胸元を狙う。

　御前は手にした扇を翻した。

　玄武は目を剥く。前はあれで弾き返されたのだ。

「太陰！」

　晴明が思わず叫ぶ。目でないところで、太陰の放った風の軌跡が、晴明にははっきりと視えていた。

　それまでとは違う神気のうねりだ。鋭く、冷たく、激しく、何もかも搦め捕って打ち砕く。

　太陰の起こすその風を、晴明は初めて感じたと思った。しかし、すぐにそうではないことを思い出す。

　晴明はそれを知っている。これは、彼女が本来持っている力そのものだ。

　通力を放った太陰自身が、驚いたような顔をする。

「え……？」

　御前の扇が風の鉾を受ける。扇を払ってそれを跳ね返そうとした御前は、ふいに目を瞠った。

　渦巻く風が扇に巻きつき、骨をたわませ引き裂いていく。かすかな音を立てて扇の骨全体にひびが生じ、次の瞬間木っ端微塵に砕け散る。

御前の黒髪と衣が風にあおられる。飛び散った破片が彼女の頰に朱一文字を刻みつけ、余裕を剝ぎ取った。

風はなおも御前に巻きつき、彼女のまとう衣をずたずたに裂いていく。黒絹の髪が裂かれて数本風に舞い、姫御前の面持ちから表情を奪い取った。

『――――』

無言で太陰を睥睨していた姫御前は、鬱陶しいと言わんばかりに身じろいだ。

妖気が迸り、まつわりついていた風を払いのける。

無残な姿となってなお美しい姫御前は、太陰に冷たい一瞥をくれた。太陰は慌てて身構えるが、御前は小柄な神将を捨て置き、晴明を振り返った。

視線を感じた晴明は、ふっと息を詰めた。御前の様子がいつもと違う。見えない目に、彼女の端麗な面差しが視えた気がした。

彼女は静かに晴明の許まで歩を進めると、両の手をついとのばして彼の顔を包むように添えた。そして、黙って引き寄せる。

晴明は、布の巻かれた目許に吐息を感じた。ずくずくとした熱い痛みが、すうっと引いていくのを感じる。

「……御前……？」

布越しに晴明のただれた瞼の上に唇を寄せていた姫御前は、やがて何も言わずに彼を放すと、言葉を失っている神将たちには目もくれず、身を翻した。

玄武は見た。姫御前の白い頬につうっと滑る紅いしずくを。

妖だから、流れている血が何色でもおかしくないと漠然と思っていた。頬の白さが際立たせる紅に、どうしてか凄まじい衝撃を覚えている自分に、玄武はひどく驚いた。

一方の太陰もまた、御前の行動と表情に息を呑んでいた。

晴明にしなだれかかる姫御前の色香は、嫌悪を感じるほど艶めかしくて激しい苛立ちを掻き立てるものだった。しかし、いまの彼女が見せた表情は、それとは対極にあるものだった。

去り際、風が御前の鼻先に再び香を運んできた。

それは、晴明の部屋にかすかに漂い、彼自身にもまといつくようにしていたもの。

懐かしさと、それ以上に掻き立てられた、狂おしいほどの――――。

『我が背……』

紡がれた御前の呟きは、風に紛れて誰にも聞かれることはなかった。

緊迫した空気が徐々に鎮まっていく。

姫御前の妖気が完全に消えたのを確かめて、玄武は胸がからになるほど深々と息をついた。

「……あの妖、何を……」

現れるのも去るのも唐突で、彼女の意図がどこにあるのか皆目見当がつかない。

玄武同様に息を吐いた晴明は、そのまま簀子に膝をついた。

ただれた瞼に波のように生じていた激痛は御前の妖力によって消え失せ、ただ猛烈な熱さがくすぶっている。

巻いた布越しにも感じる熱さは相当で、それが徐々に広がりはじめていることに晴明は気づいた。

押さえた手のひらに伝わる熱が精神をかき乱す。ともすれば頭の芯が揺れて、だんだん朦朧としてきた。

火傷にも似た傷のせいか、それとも術者の込めた力によるものか。いまの晴明にはそれを判ずる気力がない。

荒い息をつく晴明を玄武が室内に引きずって行こうとする。

そこに、素っ頓狂な声が響いた。

「なんだなんだぁ？」

玄武と太陰は視線を走らせた。

門から籬を抜けて庭を伝ってきたのだろう。狩衣姿の岦斎が姿を見せ、荒れた庭を見て目を丸くする。

庭の草木がひどい有様だった。池の水も半分になっている。池を囲む石が水で濡れ、飛沫が散っている。水面に漂っていたはずの睡蓮の葉が打ち上げられて、ひしゃげて土まみれのぼろぼろになっていた。

安倍邸の敷地は広い。晴明の寝起きする室は、敷地の中心に近い場所に位置しているのだが、その周辺が突然生じた竜巻にでも襲われたような惨状を呈しているのだ。

岦斎は、辺りをぐるりと見回した。

「……なんだ…？　この、強い妖同士がぶつかりあったような、異様な重圧感は…」

強い妖同士という岦斎の台詞に、太陰が半眼になる。

誰が妖よと口の中で呟くと、太陰は晴明の許にひらりと移動した。

「晴明、早く横になりなさい」

まるで年上の、母親か何かのような物言いだ。子どもの形の神将が口にするには、いささかそぐわない。

しかし、いまの晴明は太陰の見てくれではなく、彼女の本質を感じている。

十二神将は、数百年、いや、数千年、存在している者たちなのだ。彼らの見た目に騙されれば、その本質にはいつまでもたどり着けない。

ああそうだ。

晴明の脳裏に、異界で彼らを従えたときの情景が次々に甦ってきた。同時に、彼らが晴明に向けた言葉と、晴明が彼らに抱いた感情が、雪崩のように押し寄せてきた。

行く先の見えない、何の手立てもないと思われたあのときに、見出したひと欠片の希望だったはずの十二神将が、いまはこれほどに疎ましいと感じている。

人の心は、とかく身勝手だ。そして、神将たちはそれを確実に感じ取っている。

彼らを頑なにしているのは、もしかしたら晴明自身だったのかもしれない。

玄武と太陰に引きずられるようにして茵に連れられていった晴明は、何も見えない闇の中で彼らの会話を聞く。

「痛みはどうだ。そろそろ薬を塗り直したほうが……」

「でもへたに触ったほうが痛いわよ、きっと。熱があるみたいだし、いまは冷やしたほうがいいんじゃないかしら」

「うむ、そうかもしれん」

「水を汲んでくるわ」

ぱたぱたと足音が遠のいていく。足音と一緒にかすかに聞こえたのは、太陰が足首につけている鈴のちりちりとした音色と、まつわりついてくる衣を足で乱暴に蹴りさばいた音と。

両耳の上できっちりと結った栗色の髪が揺れるさらさらとした音と。

ざくざくと、外から近づいてくる足音は、無造作なようでいて注意深い岦斎のものだ。わざと足音を立てて、晴明が不必要に警戒しないように気遣っているのか。彼はその気になれば足音を立てずに歩けるのを晴明は知っている。

榎岦斎は南海道遠国から来た陰陽師だ。その血筋は忌部氏につながるとも、師の賀茂忠行から聞いたことがある。

簀子にあがった岦斎が入ってくる気配と、傍らでせわしなく動いている玄武のかすかな神気の流れを全感覚で追う。

衣擦れ、呼吸、几帳の帳の揺れ、ああいま積み上げていた書物が落ちた。息を呑んだのは岦斎だ。積み上げていた書の塔に袖を引っかけたのか。

言葉は一切ないが、岦斎が慌てたそぶりで書を拾い、半眼になっているだろう玄武に、口に指を当てているだろう姿が脳裏に鮮やかに結ばれた。

巻かれた布の下にある瞼は、再び痛み出している。瞼だけではない。目の奥が脈打つようにずくずくとうずく。まとまりかけていた思惟を散じさせるのがこの上もなく鬱陶しい。

横になった晴明は、荒い息を継ぎながら口を開いた。

「何をしに来た、岦斎」

　晴明の語気がいつもと変わりのないぞんざいで硬質なものだったので、岦斎はそうっと胸を撫でおろした。

　全速力で安倍邸に駆けつけ、返事を待たずに門を開け、敷地内に足を踏み入れたとき、彼は恐ろしい妖気の渦を確かに感じた。一瞬足がすくんで動けなくなったほどの、底知れない妖の気だった。

　己れを鼓舞して足を進め、荒れた庭と臨戦態勢をとった太陰と、簀子に立って高欄に寄りかかった晴明の目許に巻かれた布を見て、岦斎は血の気が引く音を聞いたのだ。

　しかし、そんなことはおくびにも出さず、普段と変わりない軽妙な口調を作る。

「十二神将太陰が、お前が今日の参内を控えるとわざわざ告げに来たから、よほどの重体かと案じて様子を見にきてやったんじゃないか。ほらほら、俺って優しいし親切だし慈悲深くて気が回るから」

「……ぬかせ」

　晴明の語気はいつものように冷たいが、いつものような精彩を欠いている。

「ああ、ちゃんと師匠にはその旨を報告しておいたぞ。ついでに俺も参内途中で行き触れに遭ったことにして、こっちに来たと」

　ここで玄武が割り込んだ。

「行き触れに遭ったことにして、とは聞き捨てならんぞ岦斎。晴明は真実動けないから出仕を取りやめさせたのだ。対してお前はぴんぴんしている上に、ありもしない行き触れをでっちあげたのか。陰陽師たるものがそのようなことでどうするのだ、恥を知れ」

　そこに、水を張った桶を抱えた太陰が足早に戻ってきた。よほど急いできたのか、廊に水が点々とこぼれている。

「これ、頼むわ、玄武」

「うむ」

　晴明の枕元に桶を置いた太陰は、玄武に任せて手拭いを持ち廊に取って返す。このままにしておいたら、同胞たちに小言を食らう。

「太陰、なんだったら俺も手伝ってやろうか？」

　室から顔を出して太陰の背に問いかけた岦斎は、振り向かずに首を振る神将の様子に、ふと感じるものがあって引き下がった。廊と室を隔てる妻戸を、なるべく音をたてないようにそうっと閉める。

「岦斎、何をしているのだ？」

彼の行動を訝る玄武に、岦斎は頭を振った。

「うん、あんまり風通しが良すぎるから、いまはちょっと閉めておこうと思ってな」

意味を摑みあぐねた玄武は眉間のしわを深くする。胡乱に感じつつも、いまはそのようなことに気を取られている状況ではないと考え直し、手拭いを絞って晴明の目の上に置く。

岦斎は息をつき、室から荒れた庭に下りて、掃除をしはじめた。

一方、固い床に膝をついて、あちこちにこぼれた水をぬぐっていた太陰は、作業を止めて自分の手のひらをじっと見つめていた。

姫御前に向けて放った風の鉾。その威力に、太陰自身が瞠目した。

床に座り込んで、両手のひらを目の高さに掲げる。

神気を込める。手に、指に、まとわりつくように渦巻く風。いままでは、かなりの神気を注がなければ空気が動いてくれなかった。

それがどうだろう。いま、彼女の心が命じたままに、神気が広がり風が自在に流れ出す。

「どうして……」

ずっと彼女を押し潰しそうだった見えない重しが消えたように感じる。出口をふさがれて空回っていた力の奔流が、解き放たれていくかのようだ。

なぜかはわからない。だが、確実に通力が戻りつつある。何にも囚われず自由だった異界で自在に操っていた頃の力だ。

それは、一見喜ばしいことのように思えた。だが。

「……」

太陰は唇をきゅっと引き結ぶ。

神将の神気が、通力が、強ければ強いほど、主である晴明にかかる負担も増すのだ。

このまま以前どおりの力が戻ったら、晴明のそばにいられなくなる。神将の放つ強すぎる力が、晴明を消耗させ、ともすれば命すらも削るのだから。

岦斎の邸で、彼に浴びせられた暴言の数々が耳の奥に甦ってくる。

あの時点では暴言としか思えなかったが、時を置いて考えてみれば、彼の言葉は正論以外の何物でもないのだ。

異界に在るはずの同胞の送ってきた風。あれは白虎の通力だった。ほんのひととき人界に降りて、玄武の言葉を風に乗せて太陰に届けたのだ。おそらく白虎はそれだけをして、すぐに異界に戻った。晴明にできるだけ負担をかけないために。

晴明の身に起こった異変を知り、空を翔け戻って痛々しい傷を負った青年の姿を見たとき、太陰の中にわだかまっていた様々な感情は一瞬でどこかに吹き飛んだ。

残ったのは後悔だった。

離れるのではなかったという自責の念だ。

安倍晴明は十二神将を従えた陰陽師。十二神将たちの主だ。

だから、主たれと神将たちはことあるごとに彼に迫った。

しかし、彼らがそれを言えるのは、彼らが式としての役目を果たしていればこそなのだ。

使役が何をなすべきなのか。使役に課せられた役目とは何か。

神将たちはその役目を、主を守り、主の下命に従うことであると結論づけた。

なのに、自分は何をしていた。晴明が危うい目に遭っていたときに、何を。

「…………」

いつしか彼女の手は膝に落ち、力なくうなだれていた。

岦斎の言うとおりだ。自分は晴明を見ていなかった。晴明が何を思うのかを思いやるよりも、自分の、自分たちの苛立ちを、憤りを。

決して思うようにならない晴明にぶつけていただけだったのではないのか。

そんな使役など、自分だったら願い下げだ。

お前たちなどいらないという顔を晴明にさせていたのは、ほかの誰でもない、神将たち自身だったのだ。

廊にはまだ水がこぼれている。乾いてしまうと跡になる。早く拭かないと。

手拭いを掴んだ太陰の膝の前に、ぱたりとしずくが落ちた。彼女は慌ててそれを拭く。しかし、いくら拭いても、こぼれた水は減ってくれない。

「――――」

手拭いを握り締めて、腕で目許をぐいぐい拭った太陰の傍らに、ひとつの神気が顕現した。

うなだれた太陰の頭に羽のようにそっと触れ、あやすように優しく撫でてくる。こんな所作をするのはひとりだけだ。

太陰の視界に、くるぶしまで丈のある白い衣の裾と、金色の絹糸のような美しい髪が映る。

あげた視線の先に、同胞がいた。

音もなく静かに、太陰の傍らに端座したのは、十二神将天一。その容貌は、十代半ばの儚げで美しい少女だ。穏やかで優しい光をたたえた双眸は空より淡い色で、すっと通った鼻梁、形のよい唇が微笑んでいる。

玄武に乞われて晴明に手当てを施し、先ほど訪れた荷葉を出迎えたのは彼女だった。

太陰はもう一度目をこすると、ぼそりと言った。

「だめじゃない、天一、出てきたら」

手当ての最中、太陰は異界に戻っていた。晴明の負担にならないように。二人以上の神将がそばに在ると、晴明は一気に消耗してしまうのだ。

「心配してくれてありがとう。でも、わたしはいいのよ。自業自得(じごうじとく)なんだから。だから、早く異界に……」

天一は静かに頭(かぶり)を振った。

「翁(おきな)が、あなたたちとともに私が人界に降りていても、問題はないだろう、と」

「え……？」

驚(おどろ)いて視線を向けた同胞に、美しい少女の風貌(ふうぼう)を持った神将は、穏やかに言い添(そ)えた。

「我らがそばに在ることが、じきに晴明様の力となるであろうと。ですから太陰」

泣かなくてもいいのだと、天一の優しい瞳(ひとみ)が告げてくる。

太陰には、その意味はまだわからない。だが、十二神将を統(す)べる任を担(にな)い、安倍晴明に従うと真っ先に決めた天空がそう断じたのなら、それは間違(まちが)いないのだろう。

「私は隠形(おんぎょう)して、晴明様のおそばに在りましょう。晴明様に、不自由のないように」

天一の瞳が深くなる。太陰は瞬(まばた)きをして応じた。

そのとき、門を叩(たた)く音がした。

四

◇　◇　◇

十二神将たちの棲まう異界は、人界と重なるようにして別の次元に存在している。

山稜のような場もあれば、水場も存在する。そして、どこまでも広がる荒野も。

十二神将を統べる任を担う土将天空は、荒野の一角にある岩に座し、瞼を閉じたまま人界を視ていた。彼は滅多に目を開かない。しかし、開眼しているのと同様に振舞うことができる。

彼は目ではなく、全身、全霊で視ているのだ。

「……ふむ」

長い白髪を頭頂で結い、髪と同じく真っ白な長い髭をたくわえた老人だ。人界の唐の衣装に似通った衣をまとい、手には一本の杖を握っている。

岩に胡坐をかいた老人は、杖の先端を地面にかっと打ちつけた。

「して……、青龍よ。わしにどうせよと？」

老人の前には、憤然と眉を吊り上げた十二神将青龍が、剣呑な雰囲気をかもし出している。

青龍は低く唸った。

「あの人間の使役に下ったのは誤りだった。約定を破棄すべきだ」

「しかし、それでは道理がとおるまい。我らは唯一の主として、安倍晴明を認めたのだ」

淡々と返す天空に、青龍は語気を荒らげる。

「あのような人間に従うなど、俺の矜持が許さん！」

安倍晴明は、十二神将たちがそばに在るだけで恐ろしいほどに消耗するのだ。

彼は異形の血を引いている。通常よりもずっと闇に近しい。冥がりに近ければ近いほど、晴明の力は冴え渡る。

それは、十二神将たちの存在が、安倍晴明の命を危ぶませるということでもあるのだ。

彼らには理がある。人を傷つけてはならない、人を殺めてはならない。

このままあの男に従いつづければ、いずれは彼らの存在があの男を死に至らしめるだろう。

そうなってからでは遅いのだ。

何よりも。

青龍はまくしたてた。

「我ら十二神将を疎ましく思う男に従いつづけて、いったいなんの意義がある！」

荒れ狂う嵐のような青龍の剣幕に、対する天空は細波ひとつ立たない水面のように静かだった。

「安倍晴明は、我ら十二神将が主。我ら一同、そのようにさだめたはず」

「あの男の心が変わった！　約定は無効だ！」

青龍の怒号が風を裂く。

天空は杖を打ち鳴らし、言い返そうと口を開きかけた。

そのとき、彼らの傍らに、静かだが苛烈な神気が降り立った。

「騒がしい。何をしている」

青龍はちっと舌打ちをして目をすがめる。

「貴様には関係がない」

その言い草に、降り立った神将は軽く首を傾けて腕を組んだ。

青龍より頭ひとつ低い位置にある黒曜の双眸は、鋭利な輝きを放つ。剣呑な気配をまとった青龍を射貫くような視線であるにもかかわらず、口元には涼やかな微笑をたたえている。肩に届かない長さで切り揃えられたまっすぐな髪は、さらりと音を立て白い頰を縁取る。剝き出しの肩から腕にかけて、無駄な肉は一切ついていない。うなじから背中にかけても同様だ。しかし、瘦軀だが華奢ではない。胸にはさらしを巻き、動きやすさを重視したのか、両横に切れ目の入った腿までしかない丈の短い衣を帯で留め、腰に二本の筆架叉を差している。足元はほかの神将たちと同様にはだしだ。

十二神将土将勾陣である。彼女は二十歳を少し超えた程度の容貌だ。十二の将の中で特に戦闘能力に特化したものを闘将と呼ぶのだが、勾陣は紅一点にして最強に次ぐ通力を持っている。

「ほう…」

口元に指を当てた勾陣は、笑みを消して青龍を冷たく睥睨した。

「青龍よ。お前は約定を覆すつもりか？」

勾陣の問いに、青龍は目を怒らせる。

「貴様はこのままで満足なのか、勾陣！」

「あの人間が不甲斐ないことは、私にもわかっているさ。そして、あの人間が誤った道を歩もうとしていることもな」

勾陣の手が、腰に差した得物に触れる。

「しかし、我らはあの人間を主とさだめた。あれからまだひと月ばかり」

一振りの柄に彼女の指がかかる。青龍はそれに気づいている。

「結論を出すには、いささか時期尚早だ」

静かな物言いだが、彼女の全身から威嚇の闘気が立ち昇っている。

青龍は勾陣をぎっと睨みつけた。彼もまた闘将である。しかし、彼の通力は彼女に及ばない。闘将の中で、青龍は三番手なのである。

「……誰に頼まれたか、おおよその察しはつく」

勾陣は、このような場に自ら出てくるような性情ではない。どちらかといえば、よほどのことがない限り距離を取って静観する質だ。おそらくこの場を収めるために、誰かに懇願されたのだろう。

同胞たちの顔が幾つか、青龍の脳裏をよぎる。

「俺はもうあの男を見限った。冥がりに堕ちようがどうなろうが、もはや知ったことか」

吐き捨てると、青龍は身を翻し、ふっとその場から消えた。

勾陣は筆架叉から手を放すと、ふうと息をついた。

「出過ぎた真似だったか？　天空よ」

片手を腰に当てて視線をめぐらせた痩軀の女性に、老人は苦笑まじりに首を振る。

「いや…。絶妙の間合いで来てくれたな、勾陣」

「あのままでは収まりがつかなくなりそうだったからな。それに、太裳と天一から、なんとかしてほしいと頼まれた」

土将である天一と太裳は、戦う力を持たない穏やかな性情だ。あの青龍の苛烈な闘気を前にすれば、すくんでしまうだろう。

ほかの者たちはそこまで慄いてはいないが、だからといって平気なわけではない。

「天一は人界に降りたまま、あの人間に随従するという」

「いかにも。わしがそのように命じた」

応じた天空に、勾陣の双眸が光った。

「……あの人間の命を削ることになるぞ」

手にした杖をかっと打ち鳴らし、天空は眉間にしわを寄せた。

「安倍晴明だ。勾陣、人間という言い方はやめよ」

勾陣は肩をすくめる。

「悪いが、青龍ほどではないにしろ、私もいささかあの男には思うところがある」

彼女の言葉に、天空は深々と嘆息する。

「お主もか、勾陣……」

腕を組んだ勾陣は、思慮深い目をした。

「奴が我らを使役に下したあのときには、確かに見えた。我らの主たる器になれるかもしれないと思わせるものが」

しかし、あの男は、安倍晴明は。

それまでと同様に、人には歩めない冥がりの世界に、日を追うごとに自ら望んで向かっていくのだ。

「奴が、己れはひとではないとするならば、我らはあの男の使役ではいられない。末席とはいえ我らは神だ。神が妖に従うのか？」

「晴明は人間だ。人間たろうとしている」

「人間であることから離れたがっているように、私には見えるがね」

天空はふつりと押し黙った。勾陣の指摘は、当たらずといえども遠からじというところだったのだろう。

「私だけではない。ほとんどの同胞たちは、多かれ少なかれ、同じ思いを抱いているようだ」

ふと瞬きをして、勾陣は視線を彼方に投じた。

「……ああ、騰蛇はどうも違うようだったが」

天空の眉が驚いたように跳ね上がる。老人の耳に、闘将紅一点の言葉が流れ込んでくる。

「あれは、待っている、と言っていた」

「待っている……、そうか」

頷く天空に、勾陣は頭を振った。

「あれの考えていることは、どうにも読みにくい。何を待っているのかといったことは一切言わない」

しかし、彼は何かを待っている。

ならば、それがなんであるのかを見定めるまでは、安倍晴明の使役でいてもいいかもしれないと、勾陣は考えていた。

十二神将を統べる任を担う老人は、杖を膝の上に置くと、手を組んで騰蛇がいるだろうほうに顔を向ける。

「騰蛇と晴明は、ある意味よく似ておるのだろう。……騰蛇がそう言うなら、いずれ何らかの時が来る。それまでは、早まった真似はせぬように」

「我らがあの男を見直す時が来ると？」

「さて。見直すかどうかは、わしの与り知らぬところよ。しかし、太陰は何かを感じ取ったようだ」

勾陣は軽く目を瞠った。

「ほう？　あのじゃじゃ馬が」

喉の奥でくつくつと笑いながら、天空は髭を揺らす。

「我らは神将なれば、人間のことなど真にわかるはずもない。人間のことをもっとも知るは、同じ人間ということだろう」

誰をさしているのか、老人ははっきりとは告げない。しかし勾陣は、おそらく安倍晴明とよくともにある榎笠斎だろうなと漠然と察した。

天空は髭を撫でながらしきりに頷く。

「晴明の心が動けば、おのずと我らにもその兆しが現れるものよ。長く晴明の許におったゆえ、太陰がもっとも早くそれを見せたのだ」

人界において、本来持っている通力を太陰は発揮しはじめた。それこそが兆し。

「それが、まぐれでなければいいがね」

天空とは違い、勾陣はそこまで晴明に肩入れができない。

手足を縛られて檻に閉じ込められているような閉塞感を、神将たちは感じている。

安倍晴明の使役に下ってからずっとだ。

異界に在ればまったく問題はないのに、ひとたび人界に降りると通力が半分以下に抑制される。安倍晴明の器に見合った力しか、いまの神将たちはふるえない。

力が発揮できないにもかかわらず、そばにいれば晴明の命を削る。こんなことのために使役となったのではないと勾陣は苛立っている。

同胞たちもそうだ。最強の騰蛇ですら、いま人界に降りれば四肢に枷をはめられたような状態になるだろう。自由であれば敵にもならないような妖にすら、いまは後れを取りそうだ。

そこまで考えて、勾陣は瞬きをした。

「……ああ、そうか」

騰蛇は、待っていると言った。

もしかしたらそれは、枷のはずれるその瞬間を、黙って待っているという意味だったのかもしれない。

神将は決して不死ではないが、永劫に等しい命を持っている。その気になれば、何年でも何十年でも待てる。

対する人間の寿命は、せいぜい五十年。もっても百年足らずか。神将たちから見ればそれは、瞬きひとつのような短い時間だ。

苛立って行動しなくても、待っていればいずれは解放される。そういうことか。

それは道理だ。しかし、それはいささかひどい発想ではないのか。

「どうした、勾陣よ」

天空が問うたのは、黙考していた勾陣の面持ちが、険しさを帯びたからだ。

「いや、騰蛇の言葉の意味がわかった」

そうして彼女は、自分の考察を天空に告げる。

老人はひとつ頷いた。

「なるほど。お主は騰蛇の姿勢が冷淡であると感じ、それでそのような顔をしたのか」

勾陣は肩をすくめる。

「別に冷淡とは……。ただ、あれの言い分に賛同はしかねると思っただけだ」

「ふむ。まこと騰蛇がそのように考えておるならば、確かにな」

天空の何か含んだような物言いに、勾陣は怪訝そうに瞬きをする。

老人は薄く笑った。

「あやつは待っておるのやもしれぬ。……晴明が、冥がりに何かを見出すのを」

◇　◇　◇

閂のかかっていない門扉を叩いた従者は、主を顧みた。

「殿、返答がありませんが…」

牛車から降りてきた青年は、もう一度呼びかけるように命じる。

再び門扉を叩くと、門は音を立てながらゆっくりと開いた。

「扉が、勝手に……！」

目を剝いて腰を抜かしかけた従者に、青年は朗らかに言ってのける。

「あの安倍晴明の邸だ。何が起こっても不思議はないのだろう」

「確かに、そうなのでしょうね。我らもそのおかげで、命を救われたのですし……」

姿勢を正して頷く従者に、左近府少将藤原敦敏は朗らかに笑う。

門は開かれた。出迎えはおらず、中から誰かが姿を見せる気配もないが、安倍晴明はこの邸に一人で暮らしているという話だから、それも道理だろう。

従者に待っているように命じて、敦敏は敷地に足を踏み入れる。

彼は、安倍晴明にどうしても会わなければならないのだ。

両脇につづく籬は枝がのびかかっていて、もう少ししたら邪魔になるだろう。邸も古く、広くはあるようだがあまり手入れが行き届いていない。

それらを素早く観察していると、邸の出入り口だろう妻戸が音を立てて開いた。

その向こうには、やはり誰の姿もない。

敦敏は、胸の内にすくう恐れを隠して背筋をのばすと、口を開いた。

「安倍晴明殿に、お会いしたい。藤原敦敏が参ったと、伝えてほしい」

すると、彼の耳に、声ならぬ声が届いた。

《藤原……関白忠平の……》

敦敏は頷いた。

「そうだ。関白は私の祖父。さあ、安倍晴明殿に」

ふいに、風が吹いた。

ざっと籬を揺らした風は敦敏に応えたようだと、彼はそのとき確かに感じた。

敦敏は、式と思われるものに案内されて邸の奥に足を踏み入れた。式はうっすらと透きとおっており、自分よりずっと小柄なようだ。子どもではないだろうか。さきほどまではどこにも姿は見えなかったのだが、敦敏を案内するためにほんの少しだけ姿を見せているらしい。しかし、無駄なことは一切言わない。

安倍晴明は妖の血を引いているのだという。それはただの噂ではなく、真実であると。

彼の作る霊符は効果覿面と謳われているのだ。たくさんの貴族たちがひっそりとそれを求め、黙って持っているのを敦敏は知っていた。

彼はこれまでそのようなものに縋ったことはなかった。霊符ひとつで何ができるのかと、疑っていたのである。しかし、それを書いた者が凄まじいほどの力を持つ術者であるなら、その力を込められた霊符は、術者同様に凄まじい効力を発揮するだろう。従者は門前で控えさせている。随従して来ようとしたのだが、安倍家の式が否を唱えたのだ。

主は見知らぬ者が邸に入ることを好まない、と。

従者の渋面を思い出していた敦敏は、それまで先導していた式が忽然と消えたのに気づき、慌てて辺りを見回した。

「いったい……」

「何用か」

敦敏の呟きをさえぎって、警戒心をあらわにした問いが投げつけられる。

廊の突き当たりの部屋に入る妻戸はぴったりと閉ざされて、声は向こうから響いてくるのだ。

鼓動が嫌にうるさいことに、敦敏は気づいた。自覚はなかったが、相当緊張していたのだ。

「私は……」

「聞いている。藤原敦敏殿。関白の血筋、左近府少将」

どこか張りつめたような声音は、淡々と告げてくる。

「殿上人が、かような地下の者の邸に、何用か」

「先日、妖に襲われたところを救われた。あれは貴殿だろう？　礼を言わせてほしい」

　そして、もうひとつ、話があるのだ。

「妻戸越しでは話しにくい、開けても構わないだろうか」

　言いながら、敦敏の手はもう妻戸にかかっている。

　開こうとした彼の手は、しかし中からの拒絶に止められた。

「私は礼など望んでいない。お帰りになるのがよろしかろう」

「いや、しかし、それでは……」

　自分の気もすまないし、何よりも用件が果たせなければ叱責されるのだ。

「あれはたまさか通りかかっただけで、助けることになったのも行きがかりだ。礼を言われるほどのことではない」

　敦敏は、いささかむっとした。晴明にとってはそうかもしれないが、自分と従者たちにしてみれば、彼のおかげで命を拾ったのである。心から感謝していることに偽りはない。

　それを拒まれるのは、あまり良い気分ではなかった。

「貴殿にとっては、そうかもしれないが」

　確か、安倍晴明は二十歳を幾つか過ぎたばかりの若者だ。世に生き厭いているような男だと聞いていたが、噂どおりのようだった。

「私にとって救われたことは紛れもない事実。礼も言わぬとそしられるようなことがあっては藤原の名折れ」

そうなのだ。敦敏は関白の血縁。対する晴明は貴族の端くれ程度の安倍氏。随分失礼な話ではないか。

「礼代わりの品もある。入らせてもらうぞ」

ぞんざいに言い放ち、妻戸を開ける。

抵抗があるかと思ったが、妻戸は予想に反して難なく開いた。拍子抜けするほどだ。

室内は正方形で、端にたくさんの書物が積んである。几帳や屏風が乱雑に配されて、見慣れない碁盤に似たものが蔀の前の机の横に置かれている。あれは占具だろうか。

晴明は茵に上体を起こしていた。腿に袿をかけて、烏帽子をつけず髻も解いた姿だ。

これはと、敦敏はさすがに狼狽した。このような姿を人目にさらすのは屈辱だろう。だからあれほど頑なに入室を拒んだのかと、敦敏はいまさら後悔した。

しかし、それ以上に彼を驚かせたのは、晴明の顔にまかれた布だった。

思わずあっと声を上げた敦敏は、晴明が不機嫌そうに口元を歪めたのを見た。

敦敏は慌てて目を逸らすと、晴明に背を向けてどっかと腰を下ろす。

「し、失礼した。怪我を負われているとは思いもよらず……」

それを知っていれば、無理に入ってくるようなことはしなかったと言外に訴える。

晴明は敦敏のほうを見もせず、抑揚のない声音で返した。

「見たとおりの有様だ。早々にお帰り願おう」

取りつく島のない晴明に、敦敏は振り返って居住まいを正す。顔に布のまかれた晴明が見えているとは思わなかったが、先ほど彼を案内してきた式と思しきものが彼の傍らにいる気がした。

よく見れば、布のまかれていない頬に、焼けただれたような痕が少しはみ出している。布に隠されているところすべてがこのような状態なのだろうかと、敦敏は薄ら寒さを覚えた。いったい何があってこのような姿に。

どうにも気になったが、晴明の醸し出す気配はそれを尋ねることを阻んでいた。

諦めて、敦敏は手にしていたものを差し出しながら、もう一つの用件を切り出した。

「こちらを。我が祖父から、貴殿に」

「なに…？」

最初、何を言われたのかがわからず訝った晴明は、思い当たって布の下で眉をひそめたようだった。痛むのか、目許を反射的に手で覆う。

ややうつむいて、晴明は低く確認してきた。

「祖父、と言われるのは、まさか」

「関白だ」

「なぜ」

本気で当惑している響きがあった。

敦敏はざっと説明する。

孫の窮地を救った陰陽師に直接礼を述べたいと忠平が望んでいる。五日後に東五条殿で管弦の宴が予定されているので、迎えの牛車をつかわせるから参るように。

晴明の頰が徐々に強張っていくのを見て取りながら、敦敏は言い添えた。

「もしかすると、当日内々に主上の行幸と、大后の里帰りがあるかもしれないが、あくまでも内々の話だ。他言はせぬように」

敦敏が出したのは、一把の扇だった。これには主上の玉筆で和歌が記されているのだが、いまの晴明にはそれは読めないだろう。

「これは祖父が主上より賜った扇だ。それと、私からは…」

懐に手を入れようとした敦敏を、晴明は手をあげて制した。

「結構。受け取る理由がない。扇もいらない。持って帰ってくれ」

礼を失した物言いに、敦敏は腹を立てたようだった。

「関白が、恐れ多くも主上から賜った品を、貴殿に与えると仰せられたのだ。受け取るのが礼儀というものだろう。それとも、貴殿には何か後ろ暗いことでもあるのか？」

晴明は押し黙る。敦敏は内心ほくそ笑んだ。

別段後ろ暗いことなどはないだろうが、ここまで言われては受け取らないわけにはいくまい。帝よりの下賜の品を与えられることは、相当な名誉なのだから。

当今は関白の甥にあたる人物である。あまり自己主張をしない、有り体に言ってしまうとひ弱な青年で、大后に溺愛されている。大后は関白忠平の妹だ。大后をとおして忠平が望めば、帝は言われるままに動くだろう。

この扇もそういった品だった。それでも、帝の玉筆であることに変わりはない。安倍晴明とて、帝の臣である以上無下にはできまい。

案の定、晴明は渋々と手を差し出した。両手で差しいただくのが礼儀だが、目が不自由なのだから多少の不調法は仕方がないだろうと、敦敏は自分を納得させた。

差し出された手に扇を渡すと、敦敏は立ち上がった。

「それでは、五日後に。迎えは酉の刻につかわせる。では、それまで養生されるがよい」

晴明は答えなかったが、敦敏は満足そうに部屋を出ていくと、門前で待っていた従者とともに安倍邸を後にした。

都に棲まう雑鬼たちは、安倍邸に立派な牛車が訪れたのを見て、偉い身分の来客なんて珍しいと路ばたで鈴なりになっていた。

入っていった人間が少したって晴れやかな面持ちで出てきて、牛車に乗り込み従者と一緒に立ち去っていくのを見送る。

一体何者だったんだろうと、興味津々の何匹かが牛車を追いかけていく。ほかのものたちは安倍邸の中を覗こうか入り込んで探ってこようかと、目を輝かせて悪だくみをはじめる。

そこに、憤然と肩を怒らせた十二神将玄武が、小さな瓶を抱えて門から飛び出してきた。

「二度と来るなっ！」

怒号しながら瓶に手を突っ込み、摑んだ塩をぶちまける。

いつも淡々とした物言いの神将が見せた凄まじい剣幕に、雑鬼たちはひゃあと叫んで散り散りに逃げ出した。

誰もいない路に、瓶が空になるまで塩をまいた玄武は、とどめのように瓶まで投げようとして、あとを追ってきた天一に諫められた。

「およしなさい、玄武」

振り上げた瓶をやんわりと掬い取られた玄武は、憤懣やるかたない様子でたおやかな風貌の同胞に食ってかかる。

「止めるな天一！　人間風情め、宴などと体のいいことを……！」

管弦の宴には、内々に帝が行幸し、大后が里帰りするという。そこに晴明を呼び出した。

これは、十二神将を披露せよとの命にまったく返答をしない晴明に対する通告だ。

敦敏を救ったのは本当にただの行きがかりだった。しかし、敦敏から顚末を聞いた忠平は、それをうまく利用して晴明の逃げ道をふさいだのだ。

目を理由に逃れることはできない。管弦の宴だ。耳さえ聞こえれば問題はなく、そもそも彼らの目的は十二神将なのだ。晴明がどういう状態であろうと、そんなことは関係がない。

極端な話、晴明が瀕死であろうと、引きずってでも帝の御前に連れ出そうとするだろう。

玄武は苛立ちのぶつけどころを見つけられず、目をすがめて路を蹴りつける。土が舞い、玄武の周囲が音を立てて陥没する。近くにひそんでいた雑鬼が震動で跳ね上がり、毬のように転がって脱兎のごとく駆けていった。

それらを横目に見ながら、天一は嘆息して膝を折ると、手を地についた。彼女の静かな神気が広がっていく。

荒れた路は瞬く間に元通りになった。

「晴明様にあらぬ噂が立ったらどうするの。人間は些細なことでも、大仰に広めていくのよ」

安倍邸の前に突如として大きな穴が穿たれた、あれは晴明の使役が暴れたらしい、彼奴の使役する式はなんと無法であるのか。

そんな噂が広まれば、いまでさえ恐れられている主が、どのようなそしりを受けるか。想像に難くない。

玄武ははっと胸を突かれた風情で、しおしおとうなだれた。

「確かに、お前の言うとおりだ、天一……」

しかし、玄武は許せなかったのだ。

あのような手傷を負い、光を失ってしまった晴明を目の当たりにしながら、それを思いやることなど微塵もなく、汝の従えたという使役を見せろと傲岸に命ずる人間たちの振る舞いが。

「そう……。そうね、私も、あまりいい気分はしないわ」

立ち上がり、未だに憤りを隠せない玄武を見下ろした天一は、目許を和ませた。

しかし、それでも晴明はそれを受けなければならないのだ。

彼は朝廷に仕える寮官なのである。至高の地位に在る天照の後裔と、政の頂点に君臨する関白の命とあっては、否という選択は彼には許されない。

「戻りましょう。晴明様が不自由にされているかもしれないわ」

玄武の背に手を添えて促しながら、天一は微笑む。

彼女の同胞は、自分たちに対しての無礼な要求に怒ったのではなく、晴明の容体を慮ることをしない彼らの無体さに怒った。

それまでとは怒りの原因が変わっていることに、果たして彼は気づいているだろうか。


玄武を晴明の許に送り、天一は瓶を厨に戻しに行く。

目の見えない晴明のために、何か食べられるものを用意しなければならないだろう。しかし天一は人間の食事など作ったことがない。

「どうしたらいいのかしら……？」

一方、未だにくすぶる怒りを持て余しながら晴明の部屋に戻った玄武は、青年が茵を抜け、手探りで蔀前の机に移動している様を見て仰天した。

「晴明！　茵に戻れ！」

反射的に発した台詞は相当にきついものだったと、玄武は思った。そうして、はたと気づく。

いけない、これではまるで晴明を責めているような口調だ。いや、己れの身をいたわらない晴明を責めているのだが、そうではないのだ。責めたいのではない。

「傷に障るぞ、何を…！」

そう、自分は、晴明の身を案じているのだ。

思いもよらない自分の感情に戸惑う玄武を、晴明が億劫そうに振り返る。

「なら、私の手元に式盤を持ってきてくれ」

「何？　式盤など使って、何をするつもりだ、晴明」

訝る玄武に、巻いた布の下から晴明の目が向けられる。

「占を行う以外に式盤の使い道があるのか」

胡乱さを隠さない台詞に、玄武は口をへの字に曲げる。

「そういうことを言っているのでは……、ああ、わかった、我が運ぶ。お前は茵に戻るのだ」

晴明の腕を摑んで半ば無理やり茵に引き戻すと、玄武は六壬式盤を茵の傍らに運んだ。式盤は相当の重量なのだが、十二神将である玄武にはさしたる重さではない。

「そら、持ってきたぞ」

見えない晴明を気遣ってひとつひとつの動作を言って聞かせる。晴明は袿を端に押しやって式盤に触れると、その正面に胡坐をかいた。

玄武の見ている前で、晴明の手が盤を回す。

からからと音を立てて回る式盤を、目に布を巻いた晴明は無言で窺った。

盤の横になんとなく端座した玄武は、晴明の手元と面持ちを交互に眺める。あの蟹の泡で焼けた両目は、いままったく見えないはずなのだ。しかし彼の手つきは澱みがない。

まるで見えているかのようだ。

「……晴明」

「なんだ」

「何を占じているのだ？」

回っていた盤が止まる。そこに刻まれた文字を指先で触れて読み取ろうと試みていた晴明は、言葉少なに応じる。

「術者の居所」

玄武ははっとした。

あの毛むくじゃらの蟹は、何者かの放った使役だ。その主である術者の居場所を、晴明は占で探ろうとしているのだ。

意図はわかったが、果たしてそんなことができるのか。

玄武が使役に下ってから、この青年が式盤に触れたところなど見たことがない。

安倍晴明は、陰陽師でありながら、時折霊符を書き、挑んでくる術者たちに応戦をする以外、術らしい術を使うそぶりを見せない。

それは、神将たちがそばに在ると恐ろしいほどに霊力を消耗してしまうからなのだが、それでも玄武の目には、晴明が占具を操る姿は珍しいものに映った。

「それを読んで、どうするのだ」

玄武の問いに、晴明は間髪いれず断言した。

「返礼をする」

息を呑んだ玄武の目に、晴明から立ち昇る仄白い炎のようなものが映った。それはすぐさま消えたが、玄武はそれがなんであるのかを知っている。

安倍晴明が生来持っている、異形の母から受け継いだ天狐の力だ。

まさかと疑いながら、玄武はそうっと尋ねた。

「……晴明、目は見えるようになったのか……？」

晴明は、これには頭を振った。

「全霊を研ぎ澄ましている。音と気配でなんとか動けるが……」

晴明は、ふいに疲れた様子で息をついた。

長時間集中しつづけるのは予想以上に疲弊する。盤が表した卦を読むにも精神を消耗するのだ。これ以上無理をしたらかなり応えるだろう。

そうして晴明は、ついと首をめぐらせた。開いた蔀から風が入ってくる。

「太陰は何も言ってこないのか」

「ああ、まだ何も」

太陰は、藤原敦敏来訪を聞いて、あの男とはあまり顔を合わせたくないと渋面になった榎岦斎とともに、橘邸に向かったのだ。

晴明が若菜のことが気になるだろうと勝手に決めつけて、とりあえず俺が様子を見てきてやると、あの男は勝手にお節介を焼いているのだ。

彼の言いぐさは癇に障るが、容体が思わしくないという若菜のことは確かに気がかりだったので、晴明は太陰を岦斎とともに送り出した。

文句を言うかと思ったが、太陰はおとなしく従った。

——そうよね、気になるわよね。わかったわ、任せて！

何やら少しだけ嬉しそうに言うなり、彼女は岦斎を伴って風をまとうと、あっという間に飛んで行った。

岦斎が何やら叫んでいた気がするが、風に紛れてあまりよく聞こえなかった。

熱を出したという若菜。橘の翁に修祓を頼まれていたのだが、果たしてそれで彼女は本当に快復するのだろうか。

根本的な原因を取り除かなければならない気がする。それも占じたいと思うが、いまは気力がつづかない。少し休まなければ取りかかれないなと晴明は思った。

あの荷葉という女に、若菜にはかかわるなと言い渡された。しかし、それにどうして従わなければならないのだ。

何も知らないくせにと、ふつふつと湧き上がってくるものがある。いままであえて見ないようにしていたそれは、こちらを向けと執拗に晴明を責め立ててくるのだ。

二度とかかわるまいと、これ以上近づくまいと、思っていたのは事実だ。しかし、それをほかの誰かに強要されるのはごめんだ。

指先で卦を読むのに疲れた晴明は、息をついてぐったりと肩を落とす。

目が見えないことに囚われれば、何もできなくなる。しかし、目以外の感覚を鍛え、目で見る以上に視るための行だと思えば、それほどの難事ではない。

正直なところ、そうでも思わなければやっていられないというのが本音だ。

どこの誰かは知らないが、誰に喧嘩を売ったのかを思い知らせることは、いま晴明に課せられた最優先の命題だった。

彼の面差しに疲労の色を見てとり、玄武は眉根を寄せた。

「それくらいにしておけ、晴明。目をやられたのはついさっきなのだぞ」

晴明は今度は玄武におとなしく従った。

「何か、食べられるものを探してくる」

「いや、特に何もほしくは……」

「探してくるから、横になっていろ」

晴明をさえぎって言い渡した玄武が腰を浮かしたとき、蔀から雑鬼が一匹飛び込んできた。

「大変だ！」

振り返った玄武に、雑鬼はまくし立てた。

「さっきの貴族が、わらわら出てきた蟹に襲われてる！」

思いもよらない雑鬼の報に、玄武は瞬きをした。

「何……？」

茵に横たわろうとしていた晴明は、思わず身を起こす。

「それは、本当か…っ」

急に動いたせいで目が痛み、晴明は低くうめいて目許を片手で覆う。姫御前の妖気で一時は引いていた痛みが急に激しくなった。

いや、これは傷の与える物理的な痛みではない。もっと別の要因がある。

いまの話を聞いて、突然ずくずくと痛み出した。ただれた両目をいたぶるように蠢く、強く暗い力を感じる。

「……なるほど…」

晴明はぎりりと唇を噛んだ。

これは、呪詛だ。

それを行っている何者かが、あの毛むくじゃらの蟹の式で、再び藤原敦敏を襲っている。その術に反応して晴明に痛苦を与えているのだと思われた。

雑鬼は血相を変えて訴える。

「あのままじゃ、牛車に乗ってる男も連れも、みんなやられちまう！　晴明、あいつお前の知り合いだろ、助けてやらないと大変だ！」

しかし、玄武が晴明と雑鬼の間に立ちはだかった。

「引け、雑鬼」

「ええ？」

困惑する雑鬼に、玄武はきっぱりと告げる。

「あの男は晴明の知己でもなんでもない。あれは災厄をもたらす者だ。生きようと死のうと、我らは与り知らぬ」

それに、と、玄武は晴明を顧みる。青年の顔に巻かれた布を目で示す。

「晴明は怪我を負っている。出て行くことはできない。わかったなら、疾く去ね。晴明は休ませなければならない」

「で、でもさぁ……」

言いよどんだ雑鬼を玄武は睨みつける。これ以上は聞かないと、その目が語っている。

子どもの形をしているにもかかわらず、玄武の気迫は凄まじい。雑鬼は言葉に詰まってそろそろと後退る。

逃げ出そうとした雑鬼は、しかし静かな声に呼び止められた。

「待て」

晴明だ。雑鬼は目を輝かせる。

一方の玄武は瞠目して主を振り返った。

「晴明⁉」

青年は茵から出て、立ち上がろうとしていた。しかし、袿が足にまといついて均衡を崩す。

よろけた晴明を慌てて支えながら、玄武は声を荒らげた。

「晴明、何を考えている！　あの男はお前に、宴に出ろなどと命じた輩だぞ！」

藤原氏の権勢をかさに、当今と大后の名を持ち出して、手傷を負った晴明を目の当たりにしたにもかかわらず、五日後の宴に来いと言い放った。

そのような無法の輩を助けようというのか。

納得のいかない玄武に、晴明は静かに返す。

「助けるのではない」

「なら……」

「恩を売る」

青年の言葉に、玄武は虚をつかれて絶句した。

「……な……っ」

蟹の泡でただれた顔の上半分を覆う布。玄武が巻いたそれの下にある青年の目は、いま何も映せなくなっている。しかし、玄武はそこに確かに、一対の苛烈な光が閃いたのを感じた。

玄武の手を借りずに立つのは困難だと判断したのか、晴明は片膝をついた。

「私は動けない。玄武、敦敏殿の許に赴き、蟹の群れを一掃して来い」

低く命じられた玄武は、眉を吊り上げた。

「あの男を助けろと、我に言うのか」

「言ったはずだ、恩を売るのだと」

繰り返し、青年の布の下に隠された双眸は、確かに玄武に据えられた。

「それとも玄武、目の利かない私を連れて行くか？　お前ができないというなら、私自身が向かわなければならない」

それこそお前の本意ではないだろうとつづけた晴明に、子どもの形をした神将はぐっと歯嚙みして漆黒の瞳を憤怒できらめかせた。

「断る。あのような輩を助けるなど……」

ふいに、安倍晴明は小さく息を吸い込んだ。

「十二神将玄武」

放たれたのは、厳かな響きの言霊だった。玄武は我知らず息を呑む。

床に胡坐を搔いた青年は、見えない目を玄武に据えたまま言い放つ。

「私はお前のなんだ」

短い問いに、玄武は顔を歪めた。

「…………」

無言の神将に、晴明は語気を強めた。

「答えろ玄武。私はお前のなんだと、問うている」

玄武は両の拳を握り締めた。

「――お前は、我らの主だ。安倍晴明」

答えたくはなかったが、抗うことはできなかった。晴明が放ったのは言霊だ。偽りは告げられない。

青年は、風の吹き込んでくるほうをついと指し示した。

「ならば、行け。藤原敦敏とその従者を襲っているという何者かの使役を、お前の力で一掃しろ。そして、無事に邸まで送り届けろ」

「そ…っ」

なぜそんなことまでと、玄武は反論しかけた。

そのとき、晴明の傍らに同胞である天一が顕現した。

「玄武。主の仰せです、従うのが道理」

淡々と言葉を紡ぐ天一を、緊迫した応酬にはらはらしていた雑鬼はぽかんと見上げた。

美しい少女の容貌をした神将は、長い金髪の一部を結い上げている。そこに挿された幾つもの簪には見事な細工が施されているのがわかった。冠のように頭に載っている一際大きな飾りは、あれはおそらく百花の王ぼたんを模しているのだろう。

晴明の隣に、天一は静かに端座する。片膝をついて体が傾くと、髪に隠れた右耳に、優美な彼女の出で立ちにはややそぐわない、牙の形に似た耳飾りがちらりと見えた。右耳だけにつけられたそれは、陽の光をそのまま糸にしたような天一の髪にすぐ隠れてしまったが、彼女の持つ優しげな雰囲気に似合わない少し暗い色がひどく印象的だ。

雑鬼は目をしばたたかせた。

安倍晴明の従えた十二神将は、あまり姿を見せない。これまでに雑鬼たちが目撃したのは子どもの形をしたふたりと、大内裏の近くで起こった騒動の際に現れた恐ろしの神将だ。
げな目つきの青年がひとり。少女の風貌をした天一は、雑鬼の前に姿を見せた四人目
人間ではないから四人という数え方は間違っているのだろうが、人間のような姿形
をしているので、そのほうが似合っている。
それにしても綺麗だなぁと、雑鬼は天一に見惚れた。人間にも美貌と言われる女は
いるが、この天一の容姿はそれとは比べものにならない。雑鬼たちは神を見たことは
ないが、神とはこういうものだと言われたら納得できる。
晴明の傍らに端座した天一は、空より淡い色の瞳を玄武に向けた。
「ここには私が。お行きなさい、主の命ですよ」
晴明は無言で玄武に注意を向けている。目の利かない晴明は、ほかの五感を総動員
させて玄武の表情や感情の動きを読んでいるのだ。
沈黙していた青年は、とどめのように告げた。
「行け」
玄武はぐっと唇を噛むと、一度目を閉じた。
十二神将は安倍晴明に従った。己れの感情がどうであれ、下命には応じる義務があ
る。
「……心得た」

それだけをようやくしぼり出し、玄武は険しい面持ちで身を翻すと雑鬼を睨んだ。

「案内しろ」

雑鬼の首元をむんずと掴み、ひゃあと声を上げるのも構わず飛び出していく。

全身でそれを追っていた晴明は、深く嘆息すると傍らに端座している神将に顔を向けた。

「天一、机の横にある箱から数珠を」

命じられた神将は、黙然とそれに従う。

年季の入った桐の箱だ。飴色に変じた蓋に梅の彫刻が施されている。そっと開くと、水晶と紫水晶、そして瑪瑙と思しき玉の連なった数珠や、独鈷杵、五鈷杵などの道具が入っている。術に使われる道具類をまとめてしまってあるようだ。

しかし、それらの道具はすべて剝き出しだ。ぶつかり合ったら傷がついてしまいそうだと天一は思った。

袖を手のひらまで引き下げて、数珠に直接触れないよう心を遣い、晴明に捧げ渡す。気配と風の動き、衣擦れの音などで彼女の行動を察したらしい晴明は、小さく笑ったようだった。

「……太陰や玄武は、そのような気遣いはしないだろうな」

天一は苦笑したが、直接は答えない。ずっと身近にあった同胞たちの性格を、晴明は正しく把握しはじめている。それが天一には喜ばしかった。

晴明は数珠を両手に巻きつけると、結跏趺坐で印を組んだ。

その傍らに控えた天一は、静かに尋ねる。

「どうなさるのですか？」

晴明は短く答えた。

「術者に、使役を返す」

玄武の神気を追い、敦敏たちを襲う蟹の群れを術者に叩き返すのだ。術者の霊力は使役たちとつながっている。晴明は術者の居所を知る必要はない。力ずくで退ければ使役は必ず主に返るのだ。そこに、晴明自身の霊力を叩きつけてやればいい。

先ほど六壬式盤を使って探ったが、不調が災いして突き止めることはできなかった。目が利かないというのは思っていた以上に厄介だ。

そこに雑鬼が飛び込んできた。使役が放たれているということは、術者はそちらにかかりきりになっているはずだ。相手の使役を利用すれば、晴明は労なく報復ができる。

己れにかけられた呪詛まで一息に返すには、晴明の力が足りない。目については、肌のただれが引いてから対処するしかないだろう。

呼吸を整えて、呪文を唱える。まずは玄武の神気を追う。

「……ナウマクソロバヤタ、タァギャタヤタニャタ……」

◆　◆　◆

神足で都を疾走する玄武の静かな怒気に、吊り下げられたままの雑鬼は震え上がっていた。

晴明に随従する十二神将を、いつも遠目に見ているだけだが、こんなに怖いと思ったのは初めてだ。こんなに小さな子どものようなのに、間違いなく十二神将は神の末席。神とついているのだ、祟ろうものなら偉いことになるだろう。

祟る神は妖よりよっぽど厄介だと、雑鬼たちは知っている。

「どちらだ」

嫌に抑揚の欠ける甲高い声に問われ、雑鬼はがたがた震えながら指で方向を示す。

喉が萎縮してうまく声が出ない。神将の神足は風を切る。風が何かの塊のように思えるほど痛い。築地塀や柳の際をすれすれに駆けるので、慄く雑鬼は一度閉じた目をもはや開けられない。

じっと体を固くしていた雑鬼は、風がやんだのでそろそろと目を開けた。

毛むくじゃらの蟹の大群が、牛車を覆い尽くしてざわざわと蠢いていた。轅にへばりついた蟹が自らの重みでぼとぼとと落ちると、つながれた牛の表皮が覗いた。しかし、ぴくりとも動かない。

牛車の近くにこんもりとした小さな山がある。蟹たちの隙間から、衣と思しき布が覗いた。随従だと思われた。

ざわざわと蠢く蟹は、牛車の中にも入り込んでいる。悲鳴ひとつ上がらないのは、もはや最悪の事態になってしまったからだろうか。

玄武は雑鬼を放ると、剣呑な表情のまま右手を掲げた。

藤原敦敏やその従者がどうなろうと玄武には関係がない。しかし、晴明は彼らを助けて恩を売ると断言した。ならば、まだ生きていてくれなければ困る。

「失せろ！」

怒号とともに神気を炸裂させる。牛車に群がる蟹がぱっと散り、白い泡で無残な様相となった車体が現れる。あちこちが焼けたように変色し、残った泡で湿っているのが見て取れた。前後の簾は破れ、半分崩れている。

車の中から蟹が音を立てて飛び出してきた。一瞬見えた車内に、うずくまった人影がある。頭を抱え込むようにしてうつぶせに丸まった体は、動く気配を見せない。蟹の足に引っかかった半分とけた烏帽子が、湿った音を立てて車外に落ちる。それを踏み潰して、毛むくじゃらの蟹たちはざわざわと音を立てながら向きを変えた。

彼らの目が見ているのは、突如として現れた子どもだ。

そこに確かな敵意を感じ取り、玄武の目が冷たく冴えた。

これらを操る術者は、この蟹の目をとおして確かに玄武を見ている。

近くにいるのか。

全霊を研ぎ澄まして探るが、それと思しき気配は感じ取れない。近くにいないのか、いても気配を巧妙に隠しているのか。

玄武はひとつ頭を振った。どちらでもいい。玄武がなすべきは、主の命に従って無法の藤原氏に恩を売りつけることだ。

玄武は十二神将中、もっとも霊力が弱い。そして、戦う力も持たない。水将の彼は水を操りその波動を自在に駆使するが、それらはすべて防御のためのものなのだ。

牛車に群がる蟹を神気で蹴散らし、うずくまった牛と従者を水の波動で包み込むと、跳躍して牛車の傍らに降り立つ。それまで玄武が立っていた場所に、毛むくじゃらの黒い蟹たちが一斉に躍りかかる。吐き出された白い泡が地面を焼き、しゅうしゅうと音を立てながら不気味に広がっていく。

玄武は眉をひそめると、中空の水分を集めて水となし、広がっていく泡を洗い清めた。この使役は化生だ。化生の放つ妖気は、人間に害を及ぼす。藤原の者たちだけでなく、後日ここをとおるかもしれない人間に何か起こってはまずい。

放たれた水はうねりとなって蟹を押し流そうとした。しかし彼らは、流れに逆らって突進してくると、飛沫と泡を撒き散らしながら玄武に飛びかかって来た。

「波流壁！」

水の波動が障壁を織り成す。壁に阻まれた蟹は弾かれてぼとぼとと落ちていく。瞬く間に障壁沿いには蟹の山が築かれて、気づけば完全に囲まれていた。

瞬きをして、玄武は憤然と唸った。

「しまった。我としたことが」

苛立ちに呑まれて戦略を立てていなかった。これらを一掃するのが玄武に課せられた役目だ。

牛車の中でうずくまっている敦敏は、どうやらなんとか生きているようだった。苦しげだが呼吸を感じる。耳を澄ませば鼓動も捉えられる。十二神将の五感は人間より遥かに鋭いのである。

群がる蟹をぐるりと見渡し、玄武は渋面を作った。蟹は水。玄武も水だ。水に水をぶつけるのはあまり得策ではない。相剋なら土剋水。

そこまで考えて、玄武は半眼になった。蟹が相手だとわかっていたのだから、土将である天一がこちらに差し向けられるべきだったのではないか。

水の波動で織り成された波流壁は、蟹を阻むことはできるが消耗させることはできていない。逆に水に触れていることで生き生きとしているようにすら見える。

「むむ、我より天一がこちらを引き受けるのが望ましかったではないか」

低く唸った玄武の耳に、異界にいるはずの同胞の言葉が響いた。

《俺の天貴に、そんな真似をさせられるものか》

目をしばたたかせた玄武は、波流壁に群がる蟹が灼熱の神気に叩き潰される様を見た。

障壁の向こうに、長身の影が顕現する。

思わず叫んだ玄武には目もくれず、十二神将朱雀は身の丈ほどもある大剣を片手で
「朱雀！」

無造作に掲げると、一息に振り下ろした。

熱風が渦を巻き、炎と化して蟹を呑み込む。地を這うように広がった火の波は蠢く蟹を瞬く間に覆っていく。

激しい神気に焼かれた使役に注がれていた術者の霊力は行き場をなくして逆流していく。

その流れに、晴明の放つ霊力の渦が喰らいついたのを、玄武は確かに感じた。

冴え冴えと冷たい安倍晴明の力が、姿なき術者に向けて矢のような速さで飛んでいく。

子どもの形をした神将は、己れに同調していた晴明の力がふっと掻き消えたのを感じる。

同時に玄武は、水の波動で織り成した囲みをといた。

辺りに漂っていた炎の闘気は風に流されて、静寂だけが漂っていた。

振り返った同胞は、玄武をじろりと睨んだ。

「あの程度の化生に後れを取るとは、情けない。何よりも、こんな場を天貴に押しつけるなど、ほかの誰が許しても俺が許さん」

きっぱりと断言したのは、十代後半程度に見える精悍な風貌の神将だ。少年と呼ぶには大人びており、しかし青年というにはまだ早いと思わせる面立ち。玄武よりよほど高い位置にあるくすんだ金色の瞳は輝きに満ち、額に白く長い布を巻いている。朱い髪は天をつくように逆立っていて、後ろ髪が背の半ばまで届く。長大で無骨な大剣を背に収めた腕は剝き出しで、無駄なくついた筋肉はしなやかな野生の狼を思わせる。ほかの神将たちと同じくはだしで、尖った耳。その右耳には牙のような形の耳飾りが下がっている。

十二神将天一の耳飾りと同じものだ。同じなのも当然で、これらは本来一対で、朱雀のものなのだ。天一の耳飾りは朱雀から彼女に贈られた。そして、朱雀の額に巻かれた白く長い布は、もともとは天一の領巾だった。

「正体の知れない術者の使役ごときに天貴を相対させてたまるか」

目を怒らせる朱雀に、玄武は半眼を向けた。

「それで、異界からわざわざ降りてきたのか、朱雀よ」

「当然だ」

ふんとばかりに目をすがめ、朱雀は腕を組む。

一方玄武の面持ちは険しさを増した。

「お前のその勝手な振る舞いで、おそらく晴明の力は恐ろしく削がれたぞ。どう責任を取るつもりだ」

「知ったことか。あの人間が非力なのは、俺のせいではない」

「それはお前のせいではないが、お前の振る舞いによって削がれなくていいところで力を削がれたのは確実。晴明はあの化生どもを使役する術者に反撃していたはずなのだ。お前が出てきたおかげでそれが失敗したかもしれん。我はお前に、その責任をどう取るのかと問うているのだ、朱雀よ」

たたみかけられた朱雀は肩をすくめた。

「さてな。俺は人界に降りると天空の翁に告げた。翁は否とは言わなかった」

朱雀の返答に、玄武は怪訝そうに眉をひそめる。

「翁が？」

「ああ。俺とて、翁が止めたのであれば引き下がったぞ」

そうして朱雀は、術者の霊力が戻っていった方角を一瞥した。

「あの人間は、己れに牙を向けた輩に一矢報いることができたのか？」

「知らん」

冷たく返す同胞に、朱雀は瞬きをした。

「……なんだ、玄武。随分あの人間に肩入れしているじゃないか」

驚いた風情の朱雀に、玄武は苛立ちながらまくし立てた。

「人間ではない、晴明だ。安倍晴明だ。主を人間などと呼ぶな」

どうしようもなく語気が荒くなった。玄武自身、自分の言動に驚いている。

内心でうろたえながら、玄武はしかし己れを止められない。

「晴明はばか者だ。我らを見世物にしようと画策する藤原に連なる者を、我に助けろと言った。我は嫌だったのだ、あんな無法の者を助ける義理など我にはない。なのに天一が出てきて行けと言う。晴明もだ。我がなぜ命を聞き入れられなんだのかを思いやることもせずに、行って助けろと言うのだぞ！」

「ふむ。天貴が」

朱雀がひとつ頷く。天貴とは、天一のもうひとつの名である天乙貴人をもじった、朱雀だけが用いる呼び名だ。

朱雀が天一に絡んだことにはとりわけ身を入れて耳を傾けるのは、いつものことだ。

玄武はそれをよくわかっている。なのにいま、そんな些細なことすらも癇に障って仕方がない。

「あんな人間を助けて、恩を売って、それでどうなる。結局は晴明は宴に出なければならず、その場には内々ながらもこの国を統べる帝とその母が臨席するという。宴が行われるのは政の頂点に立つ男の邸だ、我らを見世物にしろと命じた男の邸だぞ！それが何を意味するのかわかっていながら、晴明は藤原の人間を優先させたのだぞ！」

「そうか」

淡々と頷く朱雀の涼しげな様子すら苛立たしく、玄武は地団太を踏まんばかりの剣幕で喚いた。

「晴明は我らをなんだと思っているのだ、我らはそのように扱われる存在ではない！主の分際で、なぜそれがわからないのだ、あのばか者！　晴明の大ばか者め！」

ひとしきりまくし立てた玄武は、最後には怒号を轟かせて、ようやく押し黙った。

肩で息をして顔をくしゃくしゃにしている玄武の頭を、朱雀はおもむろに手をのばしてわしわしとかき混ぜた。

「何をする！」

いきり立ってその手を振り払う玄武に、朱雀は言った。

「訴えを聞き入れられなかったのが、そんなに悔しかったか、玄武」

「……っ」

虚をつかれて玄武は絶句した。朱雀は得心のいった風情で何度も頷く。

「なるほど。天空の翁が、いま行けば面白いことに出会えると言っていたのは、これか」

「なに…？」

面白いとは、どういうことだ。失礼にもほどがある。

困惑する玄武に、朱雀は太陽のようにからりと笑った。

「いい加減見限ろうかと思っていたが……」

晴明のことをだろう。十二神将たちはみなそれぞれに、安倍晴明に従いつづけるか否か再考すべきと考えはじめていた。しかし。

ずっと随従していた玄武の心情の変化を目の当たりにして、朱雀は思案する。

「……少し、改めてもいいかもしれんな」

「朱雀？」

怪訝そうな玄武の頭をもうひと撫でして、朱雀は身を翻した。

「お前の言うとおり、俺が人界に在るのはあの人間の力を削ぐからな」

ふいに朱雀は動きを止め、玄武を顧みた。くすんだ金の双眸がきらりと光る。

「くれぐれも、天貴に苦労などかけるなよ」

厳しく言い渡し、朱雀はふっと姿を消した。甚大な神気が異界に戻るのを感じながら、玄武は渋面で唸った。

「……同胞である我を気遣い、ねぎらいのひとつもかけてやろうという優しさはないのか…」

玄武の愚痴は無人の都に虚しく響いた。

◆　◆　◆

跳ね返ってきた力の渦に呑まれて、なす術もなく翻弄された男はぼろぼろの体で転がっていた。全身が鉛のように重い。少しでも動こうと足掻くと、あちこちがひどくきしんで悲鳴を上げる。

「……おの…れ…っ」

過去の情景が瞬く間に脳裏を駆けていく。

藤原敦敏の息の根を止めてほしいという依頼を、禁中のとある貴族から受けたのだ。報酬は破格で、よほど敦敏が邪魔なのだと察せられた。

安倍晴明の十二神将には、前々から興味はあった。しかし、噂ほどのものかという疑念もあった。自分の使役する化生を瞬時に粉砕した神将の実力を、目の当たりにするまでは。

晴明と神将は、明らかにいがみ合っているふうだった。そこをつけば亀裂はますます深まるだろう。どれほど強力な異形であろうと、主の器が小さければそれまでだ。神将たちが現在ふるえる力は、野放しだった頃にくらべれば格段に弱い。いまならば自分でも楽に使役できるだろうと思われた。

そして、隙をついて晴明を襲った。晴明が弱まれば神将もまた弱くなる。そうやって主である安倍晴明の力を呪詛でじわじわと削ぎ落とし、死に至らしめて十二神将を奪うつもりだった。

しかし、男の目論見は外れた。十二神将の力は、予想以上のものだった。

さらには、呪詛を受けて目の利かない安倍晴明が、使役につながる霊脈を利用してこちらの力を跳ね返してくるとは、予想もしていなかった。

彼の可愛い使役たちは神将に殲滅された。彼もまた、安倍晴明の反撃で深手を負った。

男は流血する身を引きずるようにしながら、なんとか朽ちかけた空き邸に身をひそめる。

邸の奥の塗籠に入り込み妻戸を閉めると、男はようやく安堵した。格子のはまった窓は板を打ちつけられている。真っ暗に思えたが、壁にもたれているうちにだんだん目が慣れて中の様子がわかってきた。

思ったより広い塗籠だった。壁際に唐櫃や棚があるようだ。

かたかたと音がする。風で外の木が揺れ、枝先が塗籠の壁を突いているような音だった。

男は裂いた衣で傷を縛り、出血が止まるように禁厭を唱え出した。

梁の上で様子を窺っていた鼠が急に全身の毛を逆立てると、何処かへ一目散に逃げていった。

男の紡ぐ呪文の詠唱以外の一切の音が消える。

ふいに、たぷんと、重い水面が揺れるような音がかすかにしたが、男の声に紛れた。

邸の外に点々と落ちていた血痕。それらを呑み込むように、冥い水が音もなく湧きだして、邸に上がり、塗籠に迫ってくる。

庭の虫たちが一斉にそこから逃げ出した。無人の邸は、冥い水に囲まれて浸食されていく。

やがて、闇より冥い水面から、幾つもの根がのび出して、ずるずると塗籠に這っていく。

塗籠に響いていた呪文がふつりとやむ。

男はふうと嘆息した。

「……よし」

ようやく血は止まった。

返しの衝撃は凄まじかったが、命はなんとか無事だ。あちこち痛むが、骨に異常はないらしい。少し休めば動けるようになるだろう。

快復を待って、敦敏暗殺を遂行しなければ。そして、安倍晴明に報復を。

「見ていろ、必ず十二神将を……」

冥い光が男の目にゆらゆらと宿る。

そのうねりに応じたように、男を取り巻く空気がゆらゆらと波立った。そして。

たぷん。

水音が、耳の奥に忍んできた。

「……？」

不審に思った男が眉根を寄せたと同時に、きんと音を立てて空気が凍てつく。

息を呑んだ男の鼻先に、花のような甘い香りが漂ってきた。

男の全身は、瞬時に総毛立った。

「しまった……！」

甘い、花に似た香り。これは、恐ろしいばけものの放つものだ。

屍肉に群がるばけものが、獲物を誘うために放つ罠。惑わされた動物や人間が正体をなくしてふらふらと引き寄せられる。

獲物の目には、ばけものではなく全身に香を焚きしめた美しい女性が見えるとも、芳しい風に満ちた一面の花畑が広がっているとも聞く。

だが、確かなことは誰も知らない。そのばけものを見た者は、総じて命を落としているからだ。

男は気配を窺った。ごく近くにいるのだ。どこだ。

妻戸にもたれた男は、早鐘を打つ鼓動を聞きながら五感すべてを研ぎ澄ませる。

埃の積もった床を掻くと、その周囲にざわざわと毛むくじゃらの蟹が湧いて出た。

赤い眼を蠢かせて男をぐるりと囲み、せわしなくはさみを揺らす。

これ以上ないほど警戒していた男は気づかなかった。妻戸の下、ほんの僅かな隙間から滑り込んできた細い根が這い上がってきたのを。

突然、白い手が血の気の引いた頬に添えられ、やんわりと捕らえられた。

「……っ」

男は目を剝いた。妻戸に背を押しつけているのに、どうして手が。

後ろから囚われた頭はぴくりとも動かせない。

耳に氷のような吐息がかかる。目だけを動かす。蠟のような指が見えた。

声もなく息を吞んだ拍子に、甘い香りが鼻腔から肺に大量に入り込んだ。

「…………っ…」

しまったと思ったときには遅かった。

くらくらと目眩がして、使役が何重にもぼやけて見える。定まらない焦点が激しく揺れて、絶え間なく入り込んでくる甘い香りが意識を瞬く間にとかしていく。

ここから出ようと、男は必死で身をよじり、妻戸に手をかけた。

男が力を入れるより先に、妻戸が外からの力で開けられ、冥い水とともに、うねうねと蠢く根や、震える枝、幾つもの大きな葉が塗籠に入り込んできた。

毛むくじゃらの蟹たちはその水に吞まれ、瞬く間に沈んで消えていく。

白目を剝いて呼吸だけを繰り返す男の両頰に添えられた細長い指は、まさぐるように動きながら節くれだっていき、長く太く変化していつしか男の体に巻きつく。

仰向けに倒れた男は、体の下半分を冷たい水に浸して、慄くように震えながら、いつしかうっとりと笑っていた。

藤原敦敏を殺す。安倍晴明を倒して十二神将を奪う。

ああそうだ、あの命を奪えば、あの力を呑み込めば、どれほど――。

男が最後に見たのは、甘い香りを放つ蜜を滴らせながら自分に覆いかぶさってくる、とても美しくおぞましい大輪の華だった。

百花の王に似た華が男の顔に吸いつき、幾重もの花びらがひらひらと蠢く。むせるような甘い香りに包まれて、華に抱かれる夢に陶然と酔いながら、男は頭からゆっくりと呑み込まれていった。

◆　　◆　　◆

夕刻に近くなった空を翔けながら、太陰は眦を吊り上げる。

「丗斎！　あんたが大内裏に寄り道したいなんて言うから、遅くなったじゃないっ！」

きゃんきゃんとまくしたてる太陰に、彼女の荒っぽい風に翻弄されて目の回りそうな丗斎は、負けじと声を張り上げた。

「行き触れなどという偽りはいかんと言ったのはお前の同胞だぞ！　だから師匠に理

由を説明して欠勤の許しをもらいに行ったんじゃないか！」

「なんであんなに時間がかかってるのよ、あんた要領悪いんじゃないの⁉」

「晴明のことを案じている師匠に適当なことを言えると思うのか！　というか、寮で晴明の立場がこれ以上悪くならないように色々根回ししてきた俺を、あいつの式神だったら誉めろ！」

「そんなの……なに？」

牙を剥いていた太陰は、橘邸の上空に差しかかった辺りで不穏な気配を察知した。

太陰の様子に気づき、岦斎もぐるぐると回る世界の中で必死に下を見た。

橘邸はそれなりに大きい。名門だが栄華は昔の話で、老夫婦以外に後見のない姫の行く末はさぞかし心細いものだろう。

風をまとう十二神将太陰は橘邸の上空に静止すると、緊迫した面持ちで邸を見下ろした。

岦斎も同様だ。頭の芯がぐらぐらとして下を向くと吐きそうだが、それを気力で抑えながら視線を走らせる。

「……どういうことだ…」

うめく岦斎の顔が青いのは、太陰の風で酔ったことだけが原因ではない。

橘邸を囲むように無数の妖が徘徊しているのだ。それらは決して無害な雑鬼ではない。きっかけがあれば人間に害をなす異形ばかり。

彼奴らが何もせずに徘徊しているのは、互いに出方を窺っているからだろう。危うい均衡で偽りの平和が保たれているのである。

均衡が崩れれば、妖たちは一斉に暴れだすだろうと、岦斎は直感した。

「……ちょっと…」

さしもの太陰も、青ざめてさかんに瞬きをしている。

「これ…なによ……」

桔梗色の瞳が揺れている。

視線を受けた岦斎は、緩慢に頭を振った。

「俺に聞くな。わけがわからないのは、俺も同じだ」

ただ、ひとつだけわかることがある。

妖たちの放つ妖気が上空に立ち昇ってくる。寄り集まった無数の異形の気は、風で薄まっているにもかかわらず、かなりの濃度で岦斎と太陰に届く。

「若菜殿の不調は、十中八九こいつらが原因だな」

だが、なぜこれほどの異形がここに集まっているのだ。それがどうしてもわからない。

妖たちの動きを注視していた太陰は、剣呑に眉根を寄せた。

「まるで……何か探してるみたい……」

言われてみれば、確かに彼女の言うとおりだった。異形たちは緩慢に徘徊しながら、あちらこちらと顔や触角をめぐらせているのだ。

様子を窺っていたふたりは、橘邸の屋根に這い上がってきた小さな影に気づいた。

妖だ。徘徊している異形たちとくらべると、実に小柄で弱々しい気しか持っていない。

蜥蜴のような姿をした妖は、ふたりを見上げると、後ろ足ですっくと立った。

太く長い尻尾が屋根を叩く。

見る見るうちに、妖は水干をまとった、人に似た姿に転じた。

「守宮……」

呟く岦斎の耳に、怒りをはらんだ叫びが突き刺さった。

「呪われろ、晴明」

意表をつかれた太陰が息を呑む。

思いもよらぬ言葉に二の句の継げない岦斎に、守宮の変化は丸い目を三角にして眼を光らせた。

「お前が呼び込んだのだ。この地に、この邸に」

化け物たちが身を震わせて、徒人には聞こえない不気味な唸りを発した。

その間隙を縫い、守宮の叫びが放たれる。

「おぞましい冥がり、恐ろしい冥がり。我らの棲む静けき冥がりを覆い尽くし、我らの棲む静けき冥がりを押し潰す」

まるでそれに呼応するように、化け物たちが咆哮し身をくねらせる。

「お前のせいだ、安倍晴明。お前のもたらした忌むべき冥がりが」

守宮は激しく尻尾を叩きつける。

「お前のせいで」

邸の一角を指し示した箇所がどこなのかを察し、岦斎は瞠目した。

「まさか……」

岦斎同様、太陰もまた気づいた。

そこは、この邸の姫の居室ではなかったか。

愕然とする岦斎と太陰に、憤怒の形相で守宮は牙を剝いた。

「我が姫若菜は、冥がりに囚われた――――!」

都の至るところで、細波のような声がする。

嗚呼、禍だ、禍だ。
冥がりを呼ぶ禍だ。

この禍が華を呼ぶ。
かの冥がりを。かの華を。
あれは闇を好む華。あれは闇に呼ばるる華よ。
闇を抱けば魅入られる。搦め捕られて囚われ堕ちる。
堕ちれば華に喰い尽くされて、冥がりの底に沈みゆく。

嗚呼、禍だ。禍だ。
冥がりを呼ぶ禍だ。

◇　◇　◇

五

邸の周りを徘徊する異形のものたちは、徒人の目には映らない。しかし、彼らの放つ妖気は、人の身を蝕んでいく。

橘邸の家人たちがみな一様に不調を訴え、次々に臥していく中で、荷葉は姫の居室に端座していた。

安倍邸から戻ってきた彼女は、事態が已れの言葉どおりになったことを悟った。

橘家の姫若菜は、発熱してからずっと眠りつづけている。

茵を囲むように配された几帳越しに姫の様子を窺っていた荷葉は、閉ざされた室の空気が動いたのを感じてゆっくりと視線をめぐらせた。

甘い花の香りがその場に満ちていく。

彼女と若菜以外誰もいないはずの室内に、ひとつの影が降りている。

荷葉は剣呑に目を細めると、音もなく立ち上がった。

眠る姫を囲む几帳と影の前に立ちはだかった女は、低く唸る。

「……この禍々しいものたちを呼んだのは、お前か」

若菜や橘の家人たちには決して見せない激しさがそこにあった。

「答えろ。冥がりの生みし魔性の女」

ふわりと、荷葉の鼻先を甘い花の香りがくすぐった。さらりと響くかすかな衣擦れが耳朶に触れ、艶やかな笑みを隠す扇に描かれた鬼火とも螢ともつかない模様がゆらゆらと踊る。

広げていた扇を静かに閉じて、大輪の華のように婉然と微笑みながら、姫御前は口を開いた。

『久しいのう、女。この香、よもやと思うたが、やはりお前であったか』

いっそ優しげにも聞こえる艶めいた声音で、姫御前は悠然と衣の裾をさばく。彼女の目が几帳の囲みに向けられているのを感じ、荷葉は御前の視線をさえぎるように移動する。

「姫御前、橘の姫若菜をどうするつもりだ。あの妖どもを呼び寄せて、何をたくらんでいる」

鋭利な問いに、姫御前は柳眉をかすかに寄せた。

『……おもてに集うた妖など、与り知らぬわ。あれらが集うたのは、ここにあれらを呼ぶ者がおるからにほかならぬ』

几帳の囲みを一瞥し、姫御前はついと目を細めた。

『女。お前とて気づいておろう。その懐に忍ばせた刃は、そのためのものではないのかえ？』

荷葉は微動だにしない。氷のような眼差しを姫御前に据えたままだ。

御前は喉の奥でくつくつと笑った。

『答えぬか。それこそが答えであろうに』

そうして姫御前は、閉じた扇の先を荷葉の喉もとに突きつけた。

『お前がここにおるのは、我が背の命であろう。背の君はいずこにおられる、言いや』

対する荷葉ははき捨てる。

「聞いてどうする。あの方はもはやお前などお忘れだ」

『戯れ言を。忘れるはずなく、忘れられるはずもない。我が背の身にも心にも、決して消えぬ印を刻んだ。お前たちが我が背を奪い隠したこと、わらわが知らぬと思うたか』

姫御前の体から、ゆらゆらと妖気が立ち昇る。

『女。お前が後生大事に守るふりをしているそのか弱き姫を、この地に集いし妖どもにくれてやろうか？』

荷葉の頬がかすかに引き攣る。脳裏に警鐘が響いた。姫御前は本気で言っているのだ。

『我が手にかかれば造作もない。あれらの牙と爪にたやすく引きちぎられて、骨どころか髪一筋も残るまいよ。——背の君はいずこにおわす。言いや』

「……」

荷葉は一度目を閉じて、呼吸を整えた。そうして静かに瞼を上げた彼女の眼差しは、毅然と姫御前を射貫く。

「確かに、私がここに来たのは、あの方の仰せに従ってのこと」

荷葉の言葉に、姫御前の目が輝く。しかし荷葉は鋭く言い放つ。

「だが、あの方はお前にはお会いにならない。それがあの方の意思であられる」

作り物のように笑う姫御前の口元に、牙が覗いた。魔性の双眸が冷たく燃え上がったのが見て取れる。

手にした扇をついと引き、荷葉の白い喉頸を突こうとする御前に、彼女は静かに言い継いだ。

「……だが、もしものときはこう告げよと仰せられた」

御前の手が止まる。

「《冥がりに咲く愛しき華よ。決してこの身を捜すな。いまも我が背と呼ぶのなら》」

御前の瞼がかすかに震える。

ひたと荷葉を見据えたまま、姫御前は小さく唇を動かした。声にならない呟きが風にとける。

それが、彼女が求めてやまない、捜してやまない、愛する男の名であることを、荷葉は知っていた。

荷葉に言伝を託した男は、御前の美しさに秘められた恐ろしさと烈しさを、ことのほか愛しく想い、その魔性に魅入られた己れを笑い。

冥がりに完全に囚われる間際に、姫御前の前から姿を消した。

御前の放つ妖気が鎮まっていくのを察し、荷葉は内心で安堵しながら言った。

「妖どもをこの地から退けろ。もはや意味などないはず」

しかし、姫御前は荷葉を冷たく一瞥して身を翻した。

『あれらを呼び寄せたのはわらわにあらず。どうして退けられようか』

御前は荷葉を押しのけると、几帳の囲みに手をのばした。

『退けたくば、この冥がりを断てばよい。さすればすぐに消えようほどに』

荷葉を顧みる御前の眼が暗くきらめいた。

『これを読んでいたからこそ、我が背はお前をここに差し向けたのではないのかえ？』

荷葉は答えなかった。

姫御前はうっそりと笑い、優雅な所作で衣の裾をさばく。濃密な甘い香りが室内に満ちて、あまりのきつさに荷葉は目眩を起こしそうになった。

何もかも投げ出して浸ってしまいたいと思わせる、危うい香りだ。

『冥がりに染めあげられた者は、もはや戻れぬ。お前とてそれは知っていよう』

耳元で淡々と響く言葉は、するすると耳の中に入り込んでくる。

荷葉は頭を振った。魔物の声は、この世のものとは思えないほどに美しい。

『我が背の言葉に免じて、ひとつ教えてやろう。冥がりを断てるのは、更なる冥がりを知る者よ』

荷葉は無言で唇を噛む。姫御前に言われなくとも、知っている。

彼女の表情からそれを見て取ったのか、御前は小さく笑うと身を翻し、姿を消した。

残された甘い花の香がまといついてくるようで、荷葉は衣の袂を振って追いやるようにしながら低く唸った。

「魔物め……！」

几帳をずらして囲みの中を覗く。茵に横たわった若菜は浅い呼吸を繰り返しながら、目覚める気配を見せない。

邸の周りを徘徊する異形のものたちが放つ妖気が、彼女を眠りの世界に誘っているのだ。いや、逆かもしれない。彼女が眠っているからこそ、異形のものたちが引き寄せられたのか。

ならば、姫御前もまたそうやって呼ばれたのか。

荷葉が袂を振るたびに、彼女の衣に焚き染められた荷葉の香りが散っていく。夏の香だ。

「あの妖たちをなんとかしないと……」

若菜のことはどうにもならないが、橘家の者たちをこれ以上苦しませないためにも、妖たちを退ける必要がある。

若菜を囲む几帳を元に戻し、妻戸を開けて簀子に出た。

彼女とともに、姫御前の残り香が外に放たれる。

徘徊していた妖たちが、ぴたりと動きを止めた。怯えたように震えだし、じりじりと後退していく。

荷葉は目を瞠って妖たちの様子を窺う。部屋に満ちた御前の香りは、異形のものたちを恐れさせているのだ。

ふと、風が動いた。荷葉が空を振り仰ぐ。

中空にふたつの影が見えた。異国風の変わった出で立ちの幼い少女と、狩衣姿の青年だ。

青年に見覚えがある。安倍晴明の知己だ。

少女が何かを叫び、掲げた両手を振り下ろす。突風が生じて、蠢く妖たちを撥ね飛ばし、巻き上げて切り裂いていく。

漂う妖気も何もかもを一掃する激しい風は、庭の木々や建物を大きく震わせた。

風をまとって浮いている青年は注意深く邸を見下ろしている。

簀子に出て空を見上げている荷葉と青年の視線がかち合う。

驚いたように瞠目した青年は、何かを察した様子ですぐに険しい表情を作ると、少女に何かを語りかけ、簀子にいる荷葉を指し示した。

荷葉は唇を引き結び、それを見つめていた。


妖たちを一掃した十二神将太陰の風は激しく逆巻き、橘邸の庭を彩る木々や草花を荒らして邸の蔀や妻戸を翻弄した。

建物がきしむ鈍い音が響き、榎岦斎は慌てて太陰を制す。

そのとき彼は、痛いほどの視線を感じて下方に目を凝らした。

邸の一角。先ほど守宮が立っていた屋根の下、簀子に袿をまとった女の姿がある。

その眼光の激しさは突き刺さるようで、岦斎は思わず目を瞠った。

女の身から立ち昇る、ゆらゆらとした陽炎のような波動。

「……何者だ、あの女性……」

只者ではない。あれほどの霊力を持った女に、岦斎はこれまで出会ったことがない。

「太陰、邸の前に俺を降ろしてくれ」

振り返った太陰は怪訝そうに首を傾ける。岦斎は女を睥睨し、指差した。

「あの女、只者じゃない」

彼の視線を追った太陰は、簀子にいる女を見て眉を撥ね上げる。

「荷葉」

ただの呟きにしては、太陰の語気は荒い。目だけで問う岦斎に、風を操って邸の門前に降下しながら、太陰は答えた。

「あの女、晴明を邪魔してるのよ」

「は？」

思わず聞き返したとき、体を取り巻いていた風が消え、岦斎は門前に降り立った。

膝を折って軽い衝撃を殺し、閉ざされたままの門扉を見つめる。

ややおいて、門扉はゆっくりと開いた。

門をはずして扉を開けたのは、簀子に立っていた女だ。太陰は荷葉と呼んでいた。

警戒心を隠さない剣呑な表情で岦斎を睥睨しながら、荷葉は低く問うた。

「安倍晴明殿の十二神将を連れたあなた様は、いずこの公達でしょうか？」

岦斎は以前に何度か橘邸を訪れたことがある。雑色や年老いた女房には面識があったが、このような年若い女房は初めて見た。

「陰陽寮の寮官、榎岦斎という者だ。安倍晴明の名代として、橘家の姫のご様子を伺いに参った次第」

荷葉の目がすうっと細められた。

「晴明殿におかれてはお怪我を召されて、橘の殿にはいずれかの陰陽師を頼むのがよろしかろうとの仰せでしたが……？」

岦斎の表情も、彼にしては珍しく険しさを帯びた。

「俺がその陰陽師だ。橘の殿ともこちらの姫とも知己だ、疑うならば確かめてくれ」

荷葉は黙然と岦斎を睨んだ。その傍らで太陰は、彼以上に剣呑な目で荷葉を射貫いている。

荷葉は太陰をちらりと一瞥し、岦斎に視線を戻すと、黙って身を引き彼らを門の内へ誘った。

邸に上がった岦斎は、橘の翁と媼がともに臥せっていると荷葉から知らされて、まっさきにそちらに赴いた。

病臥したふたりは、紙のように白い肌で、漂う濃密な妖気に苦しんでいた。

翁の枕元に膝をつき、岦斎は刀印を組んだ。

「謹製し奉る――」

退魔の呪文を唱え、その場に満ちている妖気を一掃する。

「太陰」

傍らの神将を顧みて、岦斎は蔀を示した。

「外に残っている妖気を吹き飛ばしてきてくれ。俺は邸の中をやる」

「わかった」

応じた太陰が身を翻す。その背に向かって岦斎はつづけた。

「済んだら若菜殿の様子を見てきてくれ」

肩越しに振り返り、怪訝そうに眉根を寄せる太陰から視線をはずし、岦斎は首をめぐらせる。彼の目が留まったのは、廂に端座する荷葉だ。

「俺は、彼女に用がある」

小柄な神将は口を開きかけたが、岦斎に目で制されてひとつ頷くに留まった。

妻戸から飛び出していく太陰を見送り、岦斎は立ち上がると荷葉の前に立つ。

見下ろされた美貌の女は、涼やかな面持ちで岦斎の視線を受けた。

邸を囲んでいた異形のものたちが放つ妖気は人間の体に禍をなす。若菜を筆頭に、橘の翁も嫗も、彼らに仕える家人たちも、みな一様に打ち伏して昏迷に陥っている。

岦斎の到着があと一刻でも遅れていたら、死者が出ていただろう。

ここに集っていた妖たちは、それほどに恐ろしいものたちだったのだ。

その中にあって、この女はひとり正気を保ち、いまも平然としている。

「女房殿」

岦斎の語気は静かだが鋭い。女は口元だけで笑った。

「荷葉とお呼びくださいませ」

紅を差しているようには見えないのに、女の唇は鮮やかな紅色だ。十二神将には及ばないまでも、相当な美貌の女性だった。

ふと、岦斎の鼻先をかすかな芳香がくすぐった。夏に用いられる香――荷葉の香りだ。

この女の呼び名は香から取ったのか。

「荷葉殿におかれては、見鬼の才をお持ちと見える」

徒人には見えないはずの太陰を、荷葉は確かに認識していた。

前置きをせずに切り込んだ岦斎に、荷葉は笑みをくずさずに首を傾けた。

「岦斎殿、この差し迫った事態に、そのような戯れ言はおやめください」

「戯れ言ではない。俺は真を述べている」

袂の陰に隠れた岦斎の右手は、刀印を組んだままだ。彼は武器など持っていない。

しかし、刀印は文字通り刃ともなるし、様々な術が形なき武器でもある。

虚空に浮いていた岦斎を見上げた荷葉は、驚くそぶりを見せなかった。

十二神将太陰は、この女が晴明の邪魔をしていると言った。彼女の表情と口ぶりから察するに、恋路を阻んでいるという意味合いだろうと岦斎は思った。

荷葉と対峙した岦斎は、太陰が真実を言い当てていたのだと感じている。恋路かどうかはさておき、この女は明らかに晴明を阻んでいるのだと、理屈ではなく直感が告げている。

女房としての呼び名は、彼女の仮面だ。

岦斎の双眸が剣呑さを帯びた。

「女」

荷葉と名乗る女は黙然と岦斎を凝視する。

「あの妖も、お前は視ていた。あれらを呼んだのはお前か」

荷葉の唇が凄絶に吊り上がった。

「なんのことでございましょう」

「とぼけるな」

「とぼけてなどおりませんわ。言いがかりはおやめください」

すうと目を細め、荷葉は優雅に立ち上がる。そして、自分より頭ひとつ分高い位置にある岦斎の目をひたと見据えた。

「岦斎殿。当て推量でものを言うのはおやめなさいな。仮にわたくしが見鬼の才を持っていたとして、なぜ妖などを呼び寄せねばならないのでしょう？　あのように囲まれては、我が身も危うくなりますのに」

岦斎の眉がぴくりと動いた。

いま荷葉は、あのように、と言った。それは、妖たちをその目で視たからこそ出る台詞だ。

語るに落ちた。

「………っ…」

畳みかけようとして口を開きかけた岦斎は、ふいに声を呑みこんだ。

女の目はただの女房とは思えない気迫を宿し、岦斎を圧倒するほど強く輝いている。違う。荷葉はあえてああ言った。岦斎があのひとことで察することを見越して言葉を選んだのだ。

荷葉の面持ちから笑みが消える。岦斎は、自分の表情の僅かな動きで思考が読まれたのだと感じた。

「……榎岦斎。予言に縛られた不運な男よ」

岦斎の肩が跳ね上がる。その喉頸に、荷葉の指が突きつけられる。彼女の細く長い手が形作っているのは、岦斎が袂に隠したのと同じ刀印だ。

「安倍晴明とともに在れば、お前もまた冥がりに近くなる。いずれ命を縮めよう」

同時に彼女の全身から、冴え冴えと冷たい霊力が立ち昇った。

岦斎は眦を決する。

「お前は何者だ。何をたくらんでいる」

低い訊問に、女は淡々と返した。

「たくらみなどはない。私が持つのは、主より課せられたふたつの命」

岦斎の喉笛に据えていた刀印を引き、その手で破魔の五芒星を描く。

漂っていた妖気の残滓が掻き消えた。岦斎が祓っただけでは消しきれなかった僅かな残滓を、五芒星だけで一掃したのだ。

それだけでわかった。この女は術師として相当の技量を持っている。

「岦斎殿。私のことなど捨て置かれよ」

「橘の翁や姫をどうするつもりだ！」

語気を強めた岦斎は、荷葉の目が冥く光ったのを見た。

「殿や北の方様や家人たちには、何もいたしませんわ。もちろん姫にも。――いまはまだ」

女房然とした語調に戻り、不穏な言葉を付け加えた荷葉は、ふと瞬きをした。

「……安倍邸に戻られませ、岦斎殿」

「は⁉」

思いもよらない荷葉の言葉に、岦斎は目を剝いた。

女は視線をめぐらせて、ここではないどこかを見る目でつづけた。

「遠からず、晴明殿に禍が起こります」


外に漂っていた妖気を一掃した太陰は、若菜の許に向かった。

以前、晴明に随従してこの邸を訪れたときに、彼女の室の位置は記憶した。

簀子に降りて小走りに駆けていた太陰は、あることに気づいて足を止めた。

太陰はずっと、岦斎や晴明のような、人外のものを視る力、見鬼の才を持つ者にのみ見えるように神気を強めていた。安倍邸で客人を迎えるときは、ゆらゆらとした陽炎のような状態に見えるように神気を操っている。無関係の人間に己れの姿をさらさないようにしているのだ。

荷葉はつい先ほど、見鬼の才を持つ者にしか見えないはずの太陰の姿を確かに捉えていた。

それに、風をまとって空に浮いていた岦斎を見ても、顔色ひとつ変えなかった。

「……あの女、何をどこまでわかってるわけ…？」

以前の訪邸の折に、荷葉が晴明に放った台詞も思い出す。姫御前といい荷葉といい、際どいことを好き勝手に放言してくれる。

「大体、晴明がはっきりしないのが悪いのよ。自分には若菜がいるんだってはっきり言えっていうのに、どうしてあのわからずやは…！」

肩を怒らせて唸る太陰の前に、梁から柱を伝って滑り降りてきた守宮がすっくと立ち、瞬く間に変化して水干の袖を揺らし諸手を広げた。

「これ以上近づくこと相成らん。引け」

太陰の眦がつりあがった。

「わたしたちは姫を助けるために来たのよ、そこをどきなさいっ」

「ならん。お前たちは姫を脅かすもの、安倍晴明は姫を慄かせる者だ。冥がりに囚われた姫をお救いするのは、断じてお前たちなどではない、お前たちであってはならない」

瞼のない目は瞬くこともなく、十二神将をひたと見据えたまま動かない。

太陰は眦を決し、守宮を蹴散らそうと考えた。こんな脆弱な妖など、十二神将が本気になれば造作もなく掻き消せる。

守宮もそれはわかっているはずだ。しかし、守宮の変化であるこの妖は、已れより遥かに甚大な力を持つ十二神将太陰の前に立ちはだかって、一歩も引かない。

「この邸がここに建てられてから幾星霜、我はこの邸と、ここに住む橘の者たちを見守ってきたのだ」

守宮の眼がぎらぎらと光る。怒りに満ちた眼差しだ。

「姫は恐れていた。冥がりを恐れ、怯えていた。姫は異形のものを視る力を持つがゆえに、幼き頃より冥がりに棲むものを恐れてきた。しかし、ここまでひどく怯えるようになったのは、安倍晴明に関わるようになってからだ」

守宮は懸念した。あの男は冥がりを呼ぶ。守宮たちの棲む闇より深き冥がりが、この地にゆっくりと広がっていく。

そして、姫の心と命を静かに囚えて、そのまま冥がりの底に引きずり込むのではないかと。

そのような事態が起こらぬうちにと、安倍晴明に警告を繰り返した。しかし、姫は時を追うごとに怯え、恐れ、やがて深い深い眠りに呑まれて冥がりに囚われた。

吸盤のような丸い指を太陰に突きつけて、守宮は激しく声を荒らげる。

「わかっているのか、安倍晴明。お前が冥がりに沈むのは勝手だ、いつなりと、どこへなりと堕ちていくがいい。いっそそのまま朽ち果てろ」

守宮は太陰の向こうに晴明を見ている。

脆弱な妖、雑鬼と呼んでも差し支えないような小物だ。にもかかわらず太陰は、い まこの瞬間、守宮の気迫に確かに呑まれていた。

神気をふるえば造作もなく消せるような妖に、十二神将が反論を封じられているのだ。

「呪われろ、晴明。貴様が呪われて冥がりに堕ちろ」

守宮の目から、きらりと光るしずくが転がり落ちた。

「貴様の命なぞ冥がりにくれてやれ。代わりに姫を還せ」

ぱたぱたと、頬を滑って水干の肩にしずくが落ちる。

「姫の命を戻せ、心を戻せ。貴様こそがあの冥がりに沈め、安倍晴明――！」

◆　　◆　　◆

玄武を通して蟹を使役していた術者を追っていた晴明は、確かな手ごたえを感じた はずだった。

しかし、どういうわけか、まったく異質の妖気が術者の気配を覆い尽くし、見失ってしまった。

それだけでなく、晴明が返した呪詛の念そのものが跳ね返されたのである。

完全に食らう間際に、察した天一が晴明を守る結界を築き、返しの衝撃は最小限で済んだ。

しかし、晴明の目の光を奪った呪詛は再び暴れだして激しい苦痛を与えてくる。

布の巻かれた顔を両手で覆い、晴明は声にならない声で低くうめいた。

「……っ」

うずくまって倒れるように体を丸め、呼吸は乱れ、脂汗を流して身を固くしている。

天一はその苦痛を少しでも和らげようと、神気を晴明の目許に注ぐ。だが、どうしても痛苦を取り除くことができない。

呪詛そのものが意思をもってそこに張りつき、奥へ奥へと入り込もうとしているように天一には感じられた。

「晴明様、しっかりなさってください」

呼びかけると、意外にも晴明はかすかに頷いた。意識ははっきりとしているのだ。

ただ、あまりの苦痛に聴覚や嗅覚、触覚といった感覚に集中ができない。視覚の断たれたいま、それらの感覚だけが頼りだというのに、呪詛がそれらを阻むのだ。

これをしかけた術者は、晴明の五感を封じて次の手を講じてくるつもりなのだろうと思った。

しかし、頭のどこかがまったく別の警鐘を鳴らしている。

何かがおかしい。どこかに違和感がある。呪詛は確かにここにある。晴明は術者を一度は捕らえた。そして呪詛を返した。

自分はかなり疲労していたが、手ごたえは感じた。あれが根拠のない期待や思い込みだとは到底信じられない。

それに、この呪詛だ。

漆黒の闇の中、目を焼く灼熱の痛みに苛まれながら、晴明は考える。

先ほどまでと、呪詛の質が変化してはいないか。

術者の霊力だけでなく、まったく別の力が加わっているように思えてならない。

それが加わったことで呪詛は強さと激しさを増しているのだ。

これはいったいなんだ。何が起こっているのだ。

意識を凝らして探ろうとした晴明の鼓動が、ふいに激しく跳ね上がった。

心臓を掴まれたような感覚。冷たい手がぎりぎりとしめつけてくるような。

「……っ」

晴明の呼吸がそれまでとは異質なものに変化したのを敏感に察知し、天一は顔色を変える。

「晴明様、晴明様!? どうされたのです、晴明様!」

それまで顔を覆っていた晴明の手が、胸を押さえて震えている。息を詰まらせて途切れ途切れにうめき、次の瞬間文字通りにのた打ち回った。

「………………っ!」

天一は晴明を取り押さえた。しかし、神将である彼女の力をもってしても、晴明を押さえられない。

理性の箍が外れた人間は恐ろしいほどの力を発揮する。いまの晴明はまさにその状態だった。

「晴明様、どうかお気を確かに……っ!」

悲痛に訴える天一の耳の奥に、風にこめられた同胞の声が届いた。

《天一、晴明に伝えて》

「太陰?」

そちらに気を取られた天一の腕を振り払い、晴明は胸と喉を押さえて弓なりにのけぞる。

「晴明様!」

のばそうとした天一の手は、顕現した神気の主に搦め捕られた。

「下がれ、天貴」

昔自分のものだった白い領巾が視界を掠める。天一は顔を歪めた。

「朱雀…っ！」

次いで、いまひとつ神気が降り立った。

「どうしたのだ天一、これはいったい…」

青ざめた玄武に頭を振る天一は、太陰の送る風にこめられた言葉を捉える。

《橘若菜が、冥がりに囚われた。下手をしたら、もう二度と目覚めない……》

それは、その場にいた神将たちすべてに伝わった。

息を呑んだ天一の前で、朱雀に押さえ込まれた晴明がひときわ激しく暴れ、そのまぐったりと動かなくなる。

天一の悲鳴も、玄武の叫びも。もうひとり、強力な神気を放つ神将の声も、もはや晴明の耳には届かない。

光を失い布に覆われた目で、晴明は視た。

どこまでもつづく冥がりの中、ゆらゆらと手を揺らして自分を誘う恐ろしい化生。

唇が笑みの形に歪んだ美貌は、冥がりに染まっている。

大輪の華のようなその化生が放つ甘い香りを、意識を失う寸前に晴明は確かに感じた。

◇　◇　◇

いつの頃からか、見る夢がある。
暗闇の中、ひとり取り残されて。
水音に気づき、目を落とせば。
水面に無数の花が咲いている。
色彩のない闇の世界で、暗闇を切り取ったような花が咲き乱れている。
ああ、ここは浄土か。
ならば、陽が射せばここに咲く花の色が見えるだろうか。
緑と紅が水面に映り、その狭間に我が身もまた映るだろうか。
のばした手が花弁に届く寸前、すべてが砕けて搔き消える。
代わりに広がるのは、どこまでもつづく荒涼。
水面に映るのは血走った眼。
波立つ水面が割れ、怨嗟の唸りが轟く。

否。否。否。
浄土になどと、うぬらが浄土になどと、おこがましい。
うぬらには穢土こそが相応しい。
苦悩の穢土に生き、恐慄の穢土に堕ち。
我が恚恨の激しさを思い知るがいい。

そうして、逃げ惑う間もなく。
水底からのびる無数の根がこの身に絡みつき。
深淵の冥がりに引きずりこまれていく――。

◇　◇　◇

引き攣れたうめきを発したのは、自分自身だった。

冷たい汗が全身をじっとりと濡らし、激しい鼓動が胸の奥で荒れている。

のろのろと身を起こした女は、声もなく顔を覆って低くうめいた。

乱れた髪が面差しを完全に隠し、荒い息を継ぐ。いまにも叫びだしそうな衝動を、懸命に堪えながら呼吸を何とか整えて、やつれた面差しをゆるりとあげた。

もうずっと、夢を見ない晩はない。

なんの恐れも怯えもなく、穏やかに眠れた夜など、果たしてあっただろうか。

疲れ切って目を閉じればすぐさま眠りの底に落ちるが、そこに決して安穏はなく、果てしない絶望に堕ちきってようやく目覚める。

その繰り返しだ。

長い間、彼女は心を削りながら生きてきた。

とうに夜は明けているのだろう、鳥のさえずりが耳の奥に忍んでくる。

それは彼女になんの感情も呼び起こさない。

鳥の声に耳を傾けるような余裕など、遥か昔に失った。

悪夢と、ひとことでいえばたやすい。しかし、恐ろしいなどという言葉で表すには、それはあまりにも激しく重く、どこまでも暗く。

今朝はいつであったか。

ぼんやりと考えていたとき、女房の控えめな声がした。

「お目覚めにございますか、大后様」

疲労で無感動な目がのろのろと動く。

大后、藤原穏子は、疲れ切った風情で応じた。

「起きている」


先の帝と穏子との間に産まれた一の宮と、その子を僅か数年で立てつづけに亡くして以来、彼女が悪夢を見ない夜はない。

悪夢を止めるため、僧都に護摩を焚かせ、陰陽師に祈禱もさせた。しかし、改善の兆しは一向になく、穏子は心安らかな眠りを味わうことなくこの二十年近くを過ごしてきた。

それでも、悪夢だけならばまだよかった。

当代の帝は、穏子の三人目の子だった。幼い頃から脆弱で、三つになるまで殿舎の外に出たことがなく、体も心も頼りない。

即位して帝の座についてからは、幼少の頃よりは丈夫になったものの、心の頼りなさはそのままで、政はすべて家臣に任せている。

穏子の兄関白忠平は、政を私するような卑劣な男ではなかったため、比較的善政を布いていた。当代の帝が政に無関心であっても、国の柱が揺らがないのは、藤原一門が目を光らせているからだと言っていい。

しかし、藤原一門に恚恨の念を持つ者は少なくない。

穏子の生んだ一の宮は、皇太子としての宣旨を受けて程なく病にかかり、看病の甲斐なく生涯を閉じた。皇太子保明親王の死を受けて、その子慶頼王が皇太孫として立ったが、こちらもまた程なく病で儚くなった。

その頃から穏子は、毎晩悪夢に襲われるようになったのだ。

あの恐ろしい血走った眼は、何者かの恚恨の念を具現化したもの。これは祟りだ。恐ろしい怨嗟が、穏子の子と孫を呑み込んで奪い去ったのだ、と。

兄の忠平にそのように訴えたが、逆になだめられた。そのようなことはない。過去に祟りはあったかもしれないが、それらは鎮められたのだ。ましてや、祟られてしかるべきは藤原の者。いくら穏子の子とはいえ、皇家の血を引く御子にどうして祟りが及ぼうか、と。

それに、皇家は神に守られている。仏にも守られている。神官も僧都もいる。何よりも陰陽師がついているのだ。保明親王と慶頼王が病で命を落とされたことは実に痛ましいが、その御霊は丁重に祀られたのだ。母であり祖母であるお前がいつまでも嘆いていては、ふたりの御霊は安らかに眠れまい。

しかし、どのようになだめられても、諭されても、穏子の恐れは膨れ上がるばかりで、心が真実安らぐ日は失われた。

当代の帝が幼少の頃から、この御子にもや祟りが降りかかりはしまいか。保明親王のように、慶頼王のように、この手から奪われてしまうのではないか。

不安と恐れで、穏子は今上が寛明親王と呼ばれていた頃、決して手元から離そうとしなかった。そして、即位したいまも、可能な限り帝のそば近くに在るよう努めているのだった。

そんな、身も心もやせ細るような日々の中、いつからか穏子の耳に、ある陰陽師の名が届くようになった。

安倍晴明。

当代一と名高い陰陽師賀茂忠行の弟子。その男の書く霊符は、ほかの誰が作るものよりも強い効力を持つという。

そして何よりも、安倍晴明は化生の血を引いているのだ。

ただの陰陽師ではない。魔を封じるだけでなく、闇に棲まう魔性のものに縁を持った、あらゆる術を駆使する者だ。

さらに、晴明がこのほど十二神将を使役に下したという。六壬式盤に記された十二神将。これまで誰もなしえなかった、十二神将すべてを麾下に置いた陰陽師。

それほどの術者ならば、穏子の子を守れるかもしれない。この国の至高の地位にある帝と、そこから連綿とつづいていくであろう皇統を。そして、様々な呪詛を向けられてきた藤原の血筋に生まれた者たちを。

穏子は実兄である関白忠平に乞うた。安倍晴明の参内を。十二神将を従えたというのは真か。それらはどれほどの力を持っているのか。そして安倍晴明は、噂に違わぬ技量の主であるのか、己れの目で確かめるために。

忠平はそれを受け、陰陽頭と賀茂忠行に晴明に参内を促すように命じた。

帝と自分と、関白をはじめとした貴族たちの前で、十二神将とはいかなるものかを安倍晴明に供覧させせよと。

しかし、晴明はそれに応じる気配がなかった。なんの返答もなかったことに、穏子は業を煮やしたが、兄の忠平に諫められた。

相手は異形の血を引いた男だ。しかも十二神将を従えたほどの陰陽師。高圧的に参内を命じるのではなく、譲歩してみせるのがよいかもしれない。

穏子は不満だったが、忠平は孫の敦敏を使いとして晴明の邸へ差し向けた。

そして彼らは、安倍晴明が手傷を負って目の光を失っていることを知ったのである。

だが、傷など瑣末なことだ。晴明自身がどれほどの傷を負おうと、彼の従える十二神将が重要なのである。

十二神将は、神の末席に連なるのだ。神将の神気を身に浴びれば、その力の片鱗を我がものにできるかもしれないではないか。

十二神将というのは、従えるだけでなく、きっとその場にあるだけで守りとなるだろう。

穏子はそう信じて疑わなかった。

そして、今日ようやく、安倍晴明を宴の席に呼び出せる。

関白忠平の邸東五条殿で夕刻開かれる管弦の宴。穏子は当今とともに、その席に非公式に招かれている。

安倍晴明と十二神将の力とじかに接する者は、帝と藤原氏だけでいい。

それが関白忠平の意思だった。

陽が完全に天頂にのぼり、徐々に傾いていくのを、穏子はひたすらに待った。

東五条殿に向かうための準備を女房たちが進めている。私的な外出であるから、ひっそりと内裏を抜ける手はずになっている。

刻限を報せる鐘鼓の音が響いた。

御簾を上げた蔀の前に端座していた大后は、几帳の陰から響く女房の衣擦れに耳を傾けた。

「大后様、お迎(むか)えが参りましてございます」

穏子はほうと息をついた。

予定通りだ。あれほど恐れた祟りは、自分も帝も阻(はば)めなかった。あとはこのまま東五条殿に赴(おもむ)いて安倍晴明の参上を待つ。

身支度(みじたく)はもう済んでいる。

穏子は無言で立ち上がった。


酉(とり)の刻。

東五条殿の釣殿(つりどの)で涼(すず)んでいた藤原敦敏は、寝殿(しんでん)の母屋(おもや)や廂(ひさし)、簀子(すのこ)を忙(いそが)しそうに動き回る女房(にょうぼう)や家令、雑色(ぞうしき)たちの姿を眺(なが)めていた。

楽師たちは各々(おのおの)の楽器の手入れや音あわせに余念がない。

敦敏は楽の音と酒を楽しむだけのつもりだが、もし関白や大后に乞われれば琵琶(びわ)を献(けん)じる心積もりもあった。

内々の宴とはいえ、帝が臨席するのだ。この数日、邸で毎晩琵琶を掻(か)き鳴らし、より雅(みやび)な音を供せるように準備だけは怠(おこた)らなかった。

宴は夜半近くにまで及ぶだろう。あちこちに用意された篝火は、日暮れとともに点される。

そろそろものが見えにくくなる時刻だった。軒の釣灯籠に順に火が入れられていくのを、敦敏はのんびりと眺めていた。

客人はまだ集まっていない。あらかたの用意を済ませた女房たちが、ようやくひとごこちついた様子で笑顔を見せはじめる。

念のため、琵琶の弦を確かめておこう。

そう思い立った敦敏は、愛器を置いた対屋に向かった。

敦敏は、母屋からもっとも離れた対屋に私物を置いている。

季節の草木を植えた庭はあちこちに名残の花が咲き、しおれた花弁がもうじき終わる夏を惜しんでいるようにも思えた。

花を眺めていた敦敏は、ふと、先日の恐ろしい出来事を思い出した。

霧雨の降る中、大内裏から退出する際毛むくじゃらの蟹の群れに襲われたのだ。

あのとき敦敏を救ってくれたのが安倍晴明だった。

晴明と、彼の従える十二神将。彼らが蟹を撃退し、敦敏や従者の命を救ったのだ。

後日訪れた安倍邸でも、十二神将と思しき影を見たが、はっきりとした姿はわからない。敦敏には見鬼の才がないから見えなかった。安倍邸からの帰途、再び蟹の群れに襲撃されたのだが何とか生きていられた。もしかすると、あのときも晴明の力に救われたのではないかと思えてならない。

今宵の宴の席で、晴明は十二神将を、敦敏のような徒人にも見える形で披露してくれるだろうか。それが、今日一番の関心ごとだ。

邸を訪ねたときには渡せなかったが、晴明には礼の品を用意してある。今日はそれを持ち帰らせるつもりでもあった。

直衣の懐をぽんと叩いて、敦敏は目を細めた。

「唐渡りの紫水晶の数珠だからな、不満はないだろう」

独語して、満足そうにひとつ頷く。

彼はこれまでにも、幾度となく危うい目に遭ってきた。先日のあの蟹の襲撃ほど大仰なものではなかったが、何者かの仕業と思われる災いや、呪詛であろうと思しき事象に苛まれてきた。

様々な魔除の品や、禁厭の数々。良いと言われるものはすぐに取り寄せた。霊験あらたかな神の社に寄進をしては祈禱を行わせ、僧都にも護摩焚きをさせた。

力があるとされる術者をたくさん見てきたが、安倍晴明はその中でもひときわ強い力を持った陰陽師だ。晴明を味方とできれば、恐れる必要はなくなるだろう。

あの日安倍晴明が自分の危機に遭遇したのは、ただの偶然ではあるまい。何かの縁があったのに違いない。

「神仏のご加護か……」

足を進めかけた敦敏は、それまで気づかなかった甘い香りを感じて瞬きをした。

こんな香りを放つ花が、この庭に咲いていただろうか。

「どこから……？」

辺りを見回すが、それらしき花は見当たらない。

最初、かすかに感じられる程度だったその芳香は、一呼吸ごとに強く漂い、肺を満たしていくかのようだった。

なんと芳しい香りだろうか。

胸いっぱいにそれを吸い込んだ敦敏は、視界が奇妙にぐにゃりと歪んで、世界が傾いたように錯覚した。

「……む……？」

霞がかった頭で、この香りはなんだったろうかとぼんやり考える。

傾いだ体を、柱を掴んで支えていたが、指の力が徐々に抜けて、高欄によりかかり、まるで強い酒をあおったような高揚した気分でずるずると座り込んだ。

体が熱く、朦朧として思考が散じていく。瞼が重く、呼吸をするごとに下がっていく。きつい香りに包み込まれて、何も考えられなくなる。

高欄にぐったりとよりかかった敦敏は、白く長い指が顎に添えられたのに気づいて、緩慢に首をめぐらせようとした。が、気だるい体はいうことをきいてくれない。

かろうじて目だけを動かすと、匂い立つような美しさの女が、顎に添えた指を頬に滑らせてくるのが見えた。

赤い唇が嫌に鮮明だった。恐ろしいほど美しい。

美しい。そう思うのに、女の容貌はどうしてか判然としない。

「………」

なんと狂おしいほどに甘く芳しい香り。

ああそうか、この香りに酔っているからはっきりしないのか。

そんなことを考えながら瞼を落とした敦敏の体は、女の腕の中にずるずるとくずおれていく。

受けとめた女は、まとった衣で敦敏を覆った。香りを放つ衣はぱきぱきと音を立てながら変容し、毒々しい黒緑に変色する。

棘のある蔓に囚われた敦敏を覗き込んでいた女は、陶然と微笑むと唇を大きく開いた。

美しい顔が口からめくれて、真っ赤な口腔が剝き出しになり、大輪の華のようにいびつに開いて広がる。

それは、女の形をしていた大輪の華だった。毒々しいまでの赤い花弁と、いがんだ黒緑の茎や葉、蔓を蠢かせる異形の華だ。

幾重もの花弁を持つ姿はぼたんにも似ているが、百花の王と謳われる高貴さとは対極の醜悪さに満ち、それでも美しい華。

口だった箇所には穴が穿たれて、そこから蜜にも似た液体がしたたる。敦敏の烏帽子に落ちた蜜は、一層強い香りを放った。

かぶった烏帽子ごと敦敏を呑み込もうとした華は、ふいに動きを止めた。

ぱきぱきと音を立てながら蔓が蠢き、敦敏を解放する。無数の蔓を蠢かせながら敦敏から離れた華は花弁を震わせた。

幾重もの花弁が震え、ぽっかりと開いた穴の奥から低い唸りがこぼれ落ちる。

華には似つかわしくない、苦渋に満ちた唸り。

それは男の声だった。

──敦敏を。藤原敦敏を、殺す…殺す…殺す…

華の中央に穿たれた穴の奥に、黒い塊がちろちろと蠢く。よく見ればそれは毛むくじゃらの蟹のはさみだった。

はさみは痙攣するように震えて、じわじわと溶けながらゆっくりと呑みこまれて行く。

華は敦敏に蔓をのばそうとしたが、先端が彼の背に触れそうになった途端怯えたように引っ込む。何度か同じことを繰り返し、どうしてもそれ以上敦敏に触れることがかなわないらしい。

――……おの……れ……

ざわざわと震えると、華はずるりと闇に沈んだ。

濃密な香りに包まれた敦敏は、華が消えてもぴくりとも動かなかった。

御簾の内に端座した大后穏子は、上座についた帝と関白忠平とを交互に見つめながら、いまかいまかと待っていた。

陽はとうに落ちた。迎えの牛車は安倍邸に酉の刻には到着したはずだ。それから一刻は経とうというのに、来訪の気配は未だにない。

鼻先を花の香りがくすぐる。甘すぎるほど甘い香りが、先ほどから穏子の心を逆撫でしていた。嫌に癇に障って仕方がないのだ。

この香りは穏子が邸の門をくぐったときから漂っている。誰かが篝火の松明の中に香でも忍ばせたのだろうか。邸中どこに行ってもこの香りがついてくる。

思いつきは悪くないが、こう香りが強いと気分が悪くなってくる。いっそ風でも吹いて、香りを払ってくれないものか。

先ほどから女房に扇であおいで香りを散らすようにと命じているのだが、曖昧に応じて見当はずれの風を送ってくる。それがより一層苛立ちを募らせるのだった。

ふと、ざわめきが立った。

手燭を持った女房が誰かをゆっくりと先導してくる。

来たか。

目を輝かせた穏子は、灯籠と篝火に照らされた来訪者を見て息を呑んだ。

ひとりではない。ふたりだ。

空の紺青を切り取ったような直衣の青年の肩に手をかけて、夜を染め抜いたような直衣の青年が後につづいてくる。

忠平と穏子は敦敏の報を受けていた。

安倍晴明は目を痛め、光を失っている。その顔にはひどい火傷を負っており、二目と見られぬ様相であると。

穏子は安倍晴明と見えたことはない。しかし、敦敏の言葉が真実ならば、晴明は夜の直衣をまとったほうだろう。目に白い布を巻いており、頬に火傷の痕が見えている。

それだけならば驚かない。見えない晴明を誰かが先導してきた、それだけならば。

穏子を悚然とさせたのは、安倍晴明にまといつく重い禍々しい陽炎のようなものだった。

それが見えるのは、どうやら穏子だけではないようだった。

宴に臨席した者たちは、彼に気づくと息を呑み、言葉を失い、顔色を変えて目を剥いている。

よくよく見れば、先導している女房はすっかりと青ざめて、遠目にもわかるほど震えているではないか。

あれが陰陽師だというのか。あのような禍々しいものをまといつかせた、死者のようにやせてやつれ果てた男が。

まるで死相が浮かんでいるようではないか。

あれが真実十二神将を従えた男なのか。

甘い香りがひときわ強く漂って、穏子の感情をさらに波立たせる。

一方、目に布を巻いた安倍晴明は、周囲の様子を全力で探っていた。

先を行く岦斎は、晴明の歩調に合わせて足を運ぶ。晴明の目はまったく見えないのだ。

足元に不安はない。そのために岦斎を杖代わりにしている。

当初、東五条殿に連れて行けという晴明に、十二神将だけでなく岦斎も頑強に反対した。しかし晴明自身が譲らなかった。

盲目となった身を押して晴明が今宵の宴に参上したのは、関白の命令だからというだけでなく、危ういものに呼ばれたからである。

晴明の目の光を奪った術者がそこに現れると、占に卦が表れた。そしてそれだけでなく、恐ろしい冥がりが出現し、人々に仇をなすと。

岦斎の肩を摑んだ晴明の指に力がこもる。

冥がり。

晴明はいま、闇より深く重い冥がりに、魂の半分を囚われている。一刻も早くそれを断たなければ、やがては晴明の心もすべて、冥がりに染まって溶けていくだろう。

以前は、それでもいいと思っていた。生きることそのものに厭いて、何もかもどうにでもなればいいと投げやりな日々を過ごしていた頃が、晴明には確かにあった。

いまもそういう感情がないと言えば嘘になる。晴明の心は常に陰を持ち、冥がりに惹きつけられている。

しかし、そのために、巻き込んではならない人を巻き込んだ。

晴明はぐっと唇を噛んだ。

くらくらと目眩がする。東五条殿に足を踏み入れた時から漂っている甘い香りだ。

彼はこれを知っていた。これは、晴明をいままさに冥がりに引きずり込もうとしている化生の放つ、死への誘いなのだ。

ともすれば香りに酔って、ふらりとそちらに引き寄せられる。身の内から魂の半分が引きずり出されているような、どこか夢心地の感覚がずっと晴明をもてあそんでいる。

すべてに現実味がない。いまも、岦斎の肩を摑んでいるのに、その感触がやけに曖昧で、触れているという実感がほとんどない。

周囲のざわめきが聞こえる。しかしそれもまた、水の中で聞いているように鈍く遠く、どこか別の世界の音を聞いているような不確かさ。

そんな、すべてがつくりものめいた朧な世界の中で、濃密な甘い香りだけがこれ以上ないほど鮮やかに、晴明を取り囲んでいる。

確かなものがある。確かだと感じられるものが晴明を誘う。

それについていけば晴明は道を踏み外す。頭のどこかで常に鳴り響いている警鐘が、徐々に遠のいていく。いまではもう、遥かに遠い。

このままでは完全に呑まれる。もう一刻の猶予もない。

「晴明、大丈夫か」

先導する女房には聞こえないように声をひそめる岦斎に、晴明は小さく頷く。かろうじて聞こえる岦斎の声はひどく切迫した響きで、それが、自覚のない晴明に、己れがどのような状態であるのかを教えてくれる。

　十二神将たちはここにはいない。全員異界に下がらせた。呪詛に侵され、冥がりに呑まれつつある晴明に、神将たちの神気はまるで猛毒のように感じられるのだ。

　彼らがそばにあるだけで、晴明は一呼吸ごとに精気を奪われていく。十二神将中もっとも通力の弱い部類の天一と玄武が最後までそばにあったが、今朝方彼らの気配も人界から消えた。

《晴明、なぜ我らを異界に追いやるような真似をする。我らはお前の使役ではないのか。お前は、我らの主ではないのか》

　消える間際に、振り絞るように発された玄武の言葉が、どういうわけか耳の奥で繰り返し繰り返し響いている。

　あのとき晴明は、彼らに答えなかった。

　うつむいてのろのろと足を運びながら、晴明は自嘲にも似た笑みをうっすらとにじませた。

　ああそうだ。十二神将。私はお前たちを使役に下した。そしてお前たちは私を主にしてやってもいいと思っていただろう。

　だがそれは、まだ晴明がこちらの世界に在ればこそ。

　冥がりに染まった晴明に、神の末席たる神将たちが従うことは、ありえない。そんな道理はなく、そんなことになれば彼らの矜持は地に堕ちる。

それだけはしてはならないだろう。それが晴明の矜持だ。

「こちらに」

女房の台詞がかろうじて聞き取れた。負の感情が色濃いざわめきの中、岦斎から手を放した晴明は緩慢な動作で腰を下ろす。

見えない目では、はっきりとしたことはわからない。だが、周りには誰もいないようだ。

気配を探る。音で距離を測る。楽器の音、集う者たちの呼吸、御簾や几帳の立てるかすかな響き、膳に上げ下げする土器と瓶子が鳴っている。

極限まで研ぎ澄ませた晴明の耳には、土器に瓶子の注ぎ口が当たるかすかな音まで届く。

集中すれば判別できるのだ。しかし、それにはかなりの精神力が必要だった。聞き分けるだけで相当に消耗する。こんなことで、術者と冥がりが現れたとき、まともに対峙できるのか。

傍らに腰を下ろそうとした岦斎の腕を手探りで摑んだ晴明は、低く唸った。

「お前はもう帰れ」

「なに？」

さすがに慌てた語気で聞き返し、岦斎は晴明の耳元に顔を近づけて、可能な限り声調を抑えながらもどすをきかせた。

「はぁ⁉　ばかを言うな、こんな状態のお前を置いて行けと⁉」

晴明は、周りのざわめきを注意深く聞きながら応じた。

「そうだ。ここまで来れば、もうお前がいなくても事足りる。さっさと帰れ」

「お前な……」

岦斎はひとしきり唸った。本気で怒っているのが気配で伝わってくる。

晴明は、ともすればすぐに上がってくる呼吸を努めて整えた。

「俺はお前のことを心配してるんだぞ、晴明」

「お前に心配されるほど落ちぶれてはいない」

「どの口がそんなことを…！」

珍しく激した語調の岦斎に、晴明は反論しかけて、唐突にそれをやめた。

こんな言い争いをしている暇はないのだ。甘い香りがどんどん強くなっている。もう、頭の芯がくらくらとして、体を支えているのもつらい。

光のない冥がりの深淵に、無数の華が咲いている。それらはすべて、いびつにのびて歪んだ形に渦を巻く。蔓はまるで愛しいものを掻き抱くようにして、おびただしい数の人骨に巻きついているのだ。

死者を糧に咲く華の、これは香りなのだと晴明は察していた。

華は糧を求めている。晴明は格好の餌食だ。

白い布に覆われた、ただれて引き攣れた瞼は閉じたまま、開くことができなくなっている。焼けた目は一切の光も捉えられず、まったくの闇より深い冥がりが晴明の世界だ。

晴明はこれまで、自分は彼岸に近いと思っていたが、人の向かう彼岸ではなく、魔物の蠢く冥がりこそに呼ばれていたのだと思い知った。

だから、手をのばすことはもうできない。

光を奪われたときから、眩しい光の中にある面差しはとうに消えて、思い出すこともやめた。

思い出すとは心を向けるということだ。心を向ければ晴明の冥がりが彼女にも及ぶのだ。

お前のせいだ、安倍晴明。お前こそが冥がりに堕ちろ――――！

かの邸を守る化生が、憤怒に任せて呪いを放った。晴明はそれを退け、打ち返すこともできた。しかし晴明はあえてそれをしなかった。

堕ちてやろうとも。

「おい、晴明？　聞いているのか？」

無言の晴明に、岦斎の怪訝そうな声がかけられる。

どくんと、晴明の胸の奥で不自然な鼓動がはねた。

冥がりの底に群生している華が、強風にあおられたようにざわめいて揺れる様が視えた。

濃密な香りが意思を持っているようにまとわりついてくる。

来た。

晴明は、うっそりと笑った。

神将を遠ざけ、呪詛を向けられている藤原氏の招きに応じたのは、その権威に屈服したからではない。

晴明には視えている。

冥がりの底に、深淵の沼がある。水面に漂うたくさんの黒緑の葉と、その狭間に浮かんで揺蕩う少女。

もう一度あの声を聞きたいと、願ってしまったことで彼女の魂が冥がりの底に囚われた。

そこに咲くのは化生。魂も何もかも呑みこんで溶かし尽くし、それらを糧として大輪の華を咲かせるばけもの。

晴明に呪詛をかけた術者は、おそらくあの華に喰われた。そして、喰われた術者の念は、華を次の獲物に向かわせると、晴明は読んでいた。

「岦斎、これが最後だ」

「晴明……！」

「とっととこの場から去れ」

そして、願わくは。

闇に呑まれかけたあの愛しい花のつぼみを、救い上げてくれ。

岦斎が語気を荒らげかけたとき、間の抜けた声が奇妙に通った。

「……あれは、なんだ？」

それまで静かに響いていた楽の音がふつりとやんで、ざわめきさえも引いていく。

晴明は岦斎の胸をどんと押しのける。

「……っ。ああ、わかったよ」

完全な沈黙が落ちる寸前に、岦斎は足早にその場を離れる。

濃密な香りを振り切って邸を出た岦斎は、拳を握り締めた。

「でもな、晴明」

救い上げる。それができるのは、俺じゃない。お前だ。

全速力で門をくぐり、東五条殿から転がるように駆け出た岦斎の耳に、琵琶の弦が切れた音が突き刺さる。

同時に、その場に生じた凄まじい妖気の渦が噴き上がるのを感じたが、岦斎は決して振り返らなかった。

風が、華の香りを都中にまき散らす。あちこちに潜んでいた妖たちが、香りに惹かれて動き出す。

それらが完全に目覚める前に、橘邸にたどり着かなければならない。

後を追ってくる香りを何度も振り切って、岦斎はわき目も振らずに走りつづけた。

◇　◇　◇

橘邸の一室に端座していた荷葉は、異変を察して簀子に出た。

風の運んでくる甘い香りに、女は柳眉を歪める。

「……これまでか」

あの華が完全に開く前に、手を打たなければならない。

荷葉は中に戻ろうと身を翻し、足を止めた。

室内につづく妻戸に、諸手を広げた守宮の変化が立ちはだかっている。

人のような水干をまとった守宮は、荷葉の膝ほどまでしか身の丈がない。小さな体を精一杯大きく見せて、守宮の変化は女を威嚇する。

しかし荷葉はこたえるふうも見せず、冷淡に言い放つ。

「そこをどけ、守宮」

「どかぬ」

守宮は眼をぎらぎらと光らせて食って掛かった。

「どかぬ、決してどかぬぞ。女、お前が何を思っているのか我にはわかる」

「ほう？」

荷葉に指を突きつけるようにして、守宮は怒気もあらわに叫んだ。

「我が姫をその手にかけるつもりであろう！　お前はそのためにこの邸に入り込んだのだ！」

小さな変化の放つ妖気は、どれほど感情を爆発させようとも非力なものだ。

荷葉は顔色一つ変えず、懐に手を差し入れる。身に帯びていた鞘巻きを抜き、切っ先を守宮に向けた女の目がきらりと光った。

「邪魔をするな、守宮。お前がどれほど抗おうと、もはや姫は妖どもの寄せ餌に成り果てた」

どこからか、異形の放つ咆哮が轟く。徒人には聞こえないそれは、都のあちこちで上がりはじめ、おぞましい妖気が渦を巻いて広がりつつある。

「お前の断じたとおりよ。安倍晴明に関わったばかりに、あの哀れな姫は死ななければならない。止められれば良い、止められなくば命を絶つ。これは我に課せられた命だ、お前ごときに阻めるものか」

「この…っ」

守宮が怒号しようとしたとき、刃のような風が荷葉めがけて叩き落とされた。

察した荷葉は飛び退る。彼女がそれまで立っていた箇所に亀裂が走り、風を起こした神気が渦巻いて、あおりを食らった守宮が転がる。

なんとか起き上がった守宮は、荷葉が緊迫した面持ちで睨む虚空に目を投じ、そこに幾つかの影を見出した。

すっかり暮れた夜の帳の中、十二神将太陰と十二神将玄武が風をまとって荷葉を見下ろしている。

子どもの形をした神将たちの眼光は、まっすぐに荷葉を射貫いていた。

荷葉の唇が微笑を形作った。

「何用だ、十二神将。主により、異界に下がれと命じられたのではなかったか」

なぜそれを知っている、という疑問は神将たちには生じなかった。

驚きもない。

いま、神将たちがなすべきことはただひとつ。

「お前が何者か、そんなのどうでもいいわ」

女を指して、太陰は傲然と言い放つ。

「お前が若菜を手にかけるつもりだという。それだけで充分よ」

風をまとった玄武が静かに頷く。滅多に表情を見せない少年の目が激しく波打つ様を、荷葉は確かに見た。

「お前が若菜を狙うなら、我らはそれを阻まねばならぬ」

荷葉はうっそりと目を細めた。

「なぜ邪魔をする」

「橘若菜は守らねばならぬ。それが晴明の意思だ」

「晴明がそのように命じたか」

「否」

予想外の返答に、さしもの荷葉も胡乱げに目をすがめる。

一呼吸おいて、玄武は厳かに断じた。

「だが、我ら十二神将は、安倍晴明に仕える式神。ならば、晴明の意思は我らの意思である」

神将たちが、使役の任を離れて異界に去れと告げられたのは、昨夜だった。

晴明は、神将たちに、玄武に、顔を向けることすらしなかった。

何者かの放った式に目の光を奪われて、その傷が未だに癒えていないからではない。目で見ることはできなくても、晴明はほかの五感を駆使して、様々なものを視ている。

玄武がどこにいるのか、彼には視えているはずだった。

晴明は、その魂の半分を冥がりに呑まれた。いまの彼は、現にあって現にない。

水の底に沈んで空を見上げているような、歪んだ透明な壁が周りを囲んでいるのだと、苦しい息の下でうわ言のように彼がこぼしたのは五日前だ。

毛むくじゃらの蟹の群れに再び襲撃を受けた藤原敦敏を救えと命じられて、納得のいかないままに玄武は出動した。なぜか人界に降りてきた朱雀の手を借りて蟹の群れを退け、敦敏の牛車がなんとか帰路についたのを確かめてから安倍邸に戻ったとき、晴明はそれまでとは桁の違う苦しみようを見せて意識を失った。

あれを境に、晴明の魂はその身から半分抜けた。断ち切られる寸前なのをかろうじてつなぎとめている状態だ。

晴明のかもしだす霊力も、日を追うごとに変容している。それはもはや人のものではない。

目の光を奪った呪詛が変異し、晴明の命を冥がりの底にじわじわと引きずり込んでいるのだ。

何が起こったのかまったくわからず混乱していた神将たちに答えたのは、数刻後にようやく意識を取り戻した晴明だった。

彼は、自分がどこにいるのかが覚束ないと言った。ただれて開かない瞼は光を通さないという。しかし、それとは別の冥がりが、見えない目の前に広がっているのだと。

細波の音がして、足首まで冷たくとろりとした水のようなものにつかり、揺蕩ってきた華のつぼみが時折足に触れる。あちこちに開きかかったつぼみがあり、彼方から甘い香りが漂ってくる。それは、甘くて毒々しくて酔うほどに強い香り。呼吸するたびにその香りが身の内に入り込み、そのまま全身に広がって徐々に溶かされているような気がする。

完全に溶ければ、魂すべてが冥がりに呑まれて、ここにある体はただの肉塊に成り果てるだろうと、恐ろしい内容を彼は熱に浮かされたように語ったのだ。

十二神将は神の末席に名を連ねる存在だ。神は光そのものである。冥がりとは対極。晴明が冥がりに完全に呑まれれば、使役である十二神将もまた冥がりに染まる。染まれば彼らは穢れた存在に成り果てる。

神ではないもの。堕ちた神。

穢れて堕ちた神ほど恐ろしいものはない。人を慄かせる妖異のほうがよほど可愛いと思われるほどに。

晴明に従いつづければ、十二神将はそういったものになる。

「…………」

玄武は拳を握り締めた。

異界に去れと告げた青年の背中が、脳裏に甦る。

玄武と天一はしかし、ほかの神将たちがみな異界に引き上げても、今朝まで残っていた。

彼らの神気を感じているはずなのに、もはや何も言わない晴明に、玄武はたまりかねて言い募った。

――晴明、なぜ我らを異界に追いやるような真似をする。我らはお前の使役ではないのか。お前は、我らの主ではないのか
答えはなかった。無言の背が、疾く去れと、最後の命令を告げていた。

これ以上ここにいれば、天一や玄武に悪影響が出る。迎えに来た朱雀に肩を摑まれた玄武は、それを黙って振り払った。朱雀の視線が険しくなったのを感じたが、玄武は唇を引き結んで、梃子でも動かないつもりだった。

しかし、彼よりずっとたくましい体軀の朱雀に無理やり担がれて、抗う間もなく異界に戻された。

憤って朱雀に抗議する玄武の様子を、まるで駄々をこねる子どもだなと、十二神将

を統べる天空の翁が苦笑していたが、それで何が悪いと開き直った。子どもの形をしているのだから、子どものような振る舞いをしておかしいことがあろうかと。

完全に屁理屈だった。しかし天空はひとつ頷いただけで、玄武をたしなめることはしなかった。

代わりにこう言った。

——ならば、十二神将玄武。お主はなんとする
安倍晴明は、十二神将を使役の任から解き放った。責任を嫌って重荷を捨てたのではない。冥がりに呑まれる前に、彼らを守ろうとしたのだ。神将たちは皆、それを悟っている。

そして、彼が冥がりに呑まれる前に、心の最奥に咲きかかっていたつぼみのような感情を凍らせて、誰にも探せないところに閉じ込めたことも。

橘若菜は、我が冥がりに引きずられたのだと彼は言った。関わりを断ち、つながりを断ち、心を向けることもなくなれば、希みはあると。

自分がいなくなったあとで彼女を冥がりから引き上げろと、昨夜遅く見舞いにきた岦斎に晴明が伝えたのを、隠形していた玄武と天一は聞いた。

ならば晴明は。いなくなったあとという晴明は。どうなる。

玄武の胸中に、様々な感情が渦を巻く。

晴明、お前は十二神将の主ではないのか。我らはお前の使役ではないのか。式に下った神を式神と呼ぶのだ、我らはお前の式神ではないのか。

晴明、お前の意思はどこにある。建前の帳に巧妙に隠されて、もしかしたらお前自身も既に見失ってしまった、わからなくなってしまった、お前の本当の心はどこにある。

――玄武よ、お主にはもはやなんの責もしがらみもない。ならば、お主の意思はどこにある。本当の心はどこにあるのだ、玄武よ

天空の問いかけが、玄武の耳の奥で幾度も繰り返されている。

意思はどこにある。本当の心はどこにある。

「……晴明」

一度目を閉じて、玄武は呟いた。

「お前は、大ばか者だ」

玄武や太陰には、歯がゆいだけに映った晴明の曖昧な言動は、誤魔化していたからではない。真剣に考えていなかったわけでもない。

あの男は知っていたのだ。自分と関われば、いつかこのようなときが来ると。

心を抑えて、感情を凍らせて、一番奥に封じ込めようとしたのは、逃げていたのではない、守るためだったのだ。

使役の任を解き、異界に遠ざけたのは、守るためだったのだ。冥がりに引きずり込まないように。冥がりに呑まれないように。冥がりに染めないように。

大ばか者だ。お前は。

そして、我ら十二神将も大ばか者の集まりだ。

お前の中に、確かに見出したはずだったのに。主に足る器であると、その可能性を。

上辺に翻弄されて、晴明の意思を見失ったのは、十二神将たちのほうだった。

はじめから晴明の意思はただひとつだった。橘若菜を救うこと。それ以外、あの男は何ひとつ望んでいなかった。

陰陽道を修める者ならば誰もが憧れ、欲するであろう十二神将を使役に下しながら、それを誇ることもひけらかすこともせず、どちらかといえば厄介なものとして扱いに辟易すらしていた。

しかし、それでいいのだ。過ぎる欲は心を邪に傾け、身を滅ぼす。

彼は知っていた。得るものがあれば、同等の禍もやってくると。

では、その禍から彼が守ろうとしていたのは誰だ。

神将たちはもうそれを知っている。

安倍晴明、お前はひとつだけ心得違いをしている。我ら十二神将とお前は約定をかわした。それは生涯のものだ。お前の命がある限り、ここに生まれた絆は消すことができない。

　そして、お前が冥がりに堕ちるのであるならば、そこから無理やりにでも連れ還るのが式神の役目だ。

　覚悟することだ、安倍晴明。お前が諦めても、十二神将は存外諦めが悪い。お前は我らの主となった。命の尽きるそのときまで、逃がしてなどやるものか。

　すうと息を吸い込んだ玄武は、眼下の荷葉に言い渡す。

「女、橘若菜に手出しはまかりならん。そこをどけ」

「聞くと思うのか、十二神将」

「聞くわけないわね」

　肩をすくめた太陰が息をつく。彼女の放つ神気がひときわ激しさを増した。

「だから力ずくでもどかすわよ」

「ほう…？」

　荷葉がついと目を細める。太陰はふんとばかりに腕を組んだ。

「わたしはね、あんたが嫌いなの。姫御前もよ。昔から言うでしょ、人の恋路を邪魔する奴は馬に蹴られてなんとやらってね」

「自らを駄馬だと認めるとは、己れの分をよくわきまえているものだ」

さもおかしそうに笑う荷葉に、太陰は肩を怒らせた。

「あんたのことを言ってるのよ！　これ以上晴明と若菜の邪魔をするならただじゃおかないから！」

「面白い。どうするというの？」

余裕綽々の様子で首を傾けて笑う荷葉に、太陰はにわかに腕をとき右手を掲げると、手のひらに生じた竜巻の鉾を簀子のごく近くに叩き落とした。

土砂が舞って土煙があがる。突然の激しい気流に押された庭木がきしんで悲鳴を上げる。

荷葉はまとっていた袿をするりと脱ぐと、霊力を込めて風を払う。

視界を覆う土煙がさっと鎮まっていく。

その刹那、猛禽のような速さで降下した玄武が彼女の傍らをすり抜け、立ちはだかろうとしていた守宮の変化を巻き込んで若菜の部屋に転がり込んだ。

守宮を抛り、振り向きざま廂の真ん中あたりに不可視の壁を作り出す。

「波流壁！」

水将である玄武の神気は水のように涼やかで清冽だ。その気が室内に満ち、漂っていた妖気をすっかり洗い流した。

茵に横たわって微動だにしない若菜の枕元に膝をつき、守宮はほたほたと涙をこぼした。

「姫、姫よ。目を覚ますのだ、沈んではならぬ…！」

肩越しに守宮を一瞥し、彼女を任せてもいいだろうと判断した玄武は、こちらを睥睨する荷葉の眼光を正面から受けた。

相手は人間の女だ。しかし、神将である玄武がともすれば気圧されそうなほどの迫力を、女は放っていた。只者ではないと思っていたが、相当の実力者だ。

「あんたの相手はわたしよ！」

上空から轟いた怒号とともに、風の鉾が放たれる。

身を翻した荷葉は袿を払って鉾を弾くと、左手で組んだ刀印を口元に当てた。

「十二神将、私は知っているぞ」

「何をよ！」

紅を刷いた女の唇が、笑みの形を作る。

「お前たちは私に勝てない」

女の双眸がきらりと光る。口の中で呪を紡ぎ、荷葉は刀印で四縦五横印を描いた。

太陰がはっと息を呑む。彼女は宙に浮いたまま、突如として生じた光の鎖に四肢を瞬時に拘束された。

「な…っ！」

全身に絡みついた鎖は九本。ぎりぎりと締めつけられて、太陰の幼い顔に苦悶の表情がにじむ。眦を吊り上げて荷葉を見下ろした太陰は、抗いながら叫ぶ。

「この程度で、勝ったと思うな……っ！」

太陰を取り巻くように風が渦を巻き、巨大な竜巻と化す。あれを受けたら人間などひとたまりもないと思われるほどの威力が感じられた。

しかし、荷葉の表情に焦燥は微塵もない。彼女は悠然と太陰を見上げる。

「言ったはずだ。私は知っていると」

荷葉の刀印が、空を縦一文字に裂いた。

すると、太陰の目の前の空間に、一条の光る筋が現れた。瞠目する太陰の前で、筋は氷が割れるようなかすかな音を立てながら、無理やりこじ開けられるように広がっていく。

空の中に、ぽっかりと開いたいびつな穴。穴の中は黒に近い灰色で、ところどころ色が違う斑模様だ。流れるように不規則に動いている。そこから吹き出す風は異質異様だった。

人界のものでもない。境界の川の彼岸にある冥界のものでも、高天原のものでもない。十二神将が誕生した異界のものとも勿論違う。

「それがどこにつながっているかは、私も知らない」

両手でめまぐるしく様々な印を組みながら彼女は淡々と告げる。

「だが、術が解ければこの世のどこかに戻るということだ。いつになるかはわからないが」

大きく開いた穴に、太陰の体が引き寄せられていく。

「う…っ、この…っ！」

なんとかあがこうとするが、光の鎖はびくともしない。太陰の力が足りないからではない。荷葉の操る術が凄まじいのだ。

「貴様、何を知っていると…！」

波流壁を隔てた玄武の唸りに、肩越しに視線をくれながら荷葉は答えた。

「十二神将の理」

何を言われても驚かないと思っていた玄武の頬が、一瞬引き攣る。

「人を傷つけてはならない、人を殺めてはならない。だからお前たちは、竜巻を落としても私の体に直接当てることはしない。結界を張って阻むことはしても、私を倒すことはできない」

玄武は、生じた動揺をすぐさま抑え込んだ。おそらく女はもう見抜いているだろうが、無様な姿をさらすのは神将としての矜持が許さない。

「……お前は何者だ。なぜ、若菜を手にかけようとするのだ」

荷葉は肩をすくめた。上空では光鎖に拘束された太陰が、穴に引きずり込まれそうになっているが、彼女は全力でそれに抵抗している。

「同胞のための時間稼ぎか。……まぁいい、答えられる範囲で教えてやる」

桂を持ったまま肘を抱くように腕を組み、女は息をついた。

「橘若菜は、外つ国の妖異に魅入られて、その妖気はいまも身の内に残っている」

妖気は妖異を呼ぶ。放たれるのは強い妖気だが、宿主である若菜は脆弱な人間だ。

「妖の気は、闇が近づけば共鳴する。安倍晴明は冥がりに近しい。関わりを持てば持つほど、若菜の中に澱む妖気は激しく反応する。だから妖たちがここに集まってきた」

直接会わなくても、心が向けば同じこと。若菜は晴明のことを想った。想えば想うほど彼の冥がりに引き寄せられていく。

だから彼女は恐れた。晴明の中に存在する冥がりを恐れたのだ。

すべての妖異は冥がりに棲む。どれほど脆弱な、いたずらをするだけの妖でも、それは変わらない。彼女の心は、生涯冥がりを恐れつづけていくことだろう。

「いくら見鬼であっても、なんの力も持たない彼女にとって、冥がりはあまりにも恐ろしい。だから彼女は冥がりに沈んだ。恐ろしさに呑まれて、それにすべてを明け渡してしまった」

そして荷葉は、それを阻止するために橘邸に差し向けられたのだ。

「誰が貴様を」

差し向けたのだと問おうとした玄武は、背後に生じた凄まじい妖気と、芳しい花の香りに慄然とした。

開いた扇が玄武の背後からのばされて、視界に映る。

「姫、御前……！」

うめいた玄武に、恐ろしくも美しい異形の女は、喉の奥で小さく笑った。

『式神、誰がこの女を、などと知ってどうする。それより大事は、いくらでもあろう』

反射的に振り返って睨みつけてくる神将に、姫御前は悠然と目を細めた。

『これは我が背の君の命を受けた女よ。お前ごときが何を問うたとて、答えるものか』

扇を閉じて、目を閉じたままぴくりとも動かない若菜の額をつんとつつき、姫御前は静かに紡ぐ。

『大方、冥がりに呑まれたならば、禍が都を覆い尽くす前に根を断てとでも命じられたに相違あるまい。大事のためなら命のひとつふたつは切り捨てるものよ』

御前の冷たい眼差しが荷葉に向けられる。

思わずその視線を追った玄武は、眉ひとつ動かさずに御前を一瞥する荷葉を見た瞬間、御前の言葉が正鵠を射ていることを察した。

そうして玄武は、恐ろしい事実にようやく気づく。

若菜の居室は玄武の神気で織られた水気の結界に囲まれている。悪しきものや妖の類は、玄武が許さなければ結界内に立ち入ることはできないはずなのだ。にもかかわらず、姫御前は現れた。

玄武の表情からその疑惑を察した姫御前は、扇の先で若菜の額を示した。

『わらわをここに誘うたは、この娘の冥がりよ。お前がどれほど妖の気を祓おうと、水の力で清めようと、穢れはここから放たれておる。焼け石に水というもの』

玄武は思わず若菜を凝視する。まだほんの少女のような面差しは、まるで精気をなくしており、もはや死人のそれに近い。

彼女の傍らに膝をついた守宮が、絶望したようにうなだれている。守宮の手が若菜の黒髪をひと房握り締めていた。以前見たそれは黒々として艶やかでとても美しかったのに、いまではひどく傷んでぼろぼろになった質の悪い絹糸のようだ。

髪には神が宿るのだ。艶を失った髪は、神の力も失った。

玄武は己れの無力さに打ちのめされて、様々な感情で体が震えるのを自覚した。

御前が扇を若菜の眉間に打ち落とせば、脆弱な人の身である彼女はそれで事切れるだろう。

玄武は十二神将だが、戦う力を持たない。できることはせいぜいこうして結界をめぐらせ、敵の侵入を阻むことと、穢れを水気で祓うこと。

けれども、若菜自身が冥がりにつながる門のような存在と化してしまった以上、玄武にはもはや打つ手がない。

「十二神将、結界を解け。取り返しのつかない事態が引き起こされる前に、禍の根を断たねばならない」

荷葉が刀印を頭上に掲げた。上空から、太陰の押し殺したような悲鳴が響く。

「完全に呑まれて、若菜の魂を養分に華が咲けば、その身は冥がりと現世とをつなぐことになる。十二神将、お前の迷いが禍を生むぞ」

ぴしゃりと言い放たれて、玄武はぐっと唇を嚙む。

そうして玄武は、やおら荷葉を睨んだ。

「禍など、この世の至るところに生まれている。日々生まれ、日々消えていくものではないか。若菜ひとりの命を断ったとて、どれほどの差があるという」

また、玄武は姫御前を顧みて眦を吊り上げる。

「冥がりがなんだ。そんなもの、我らがいくらでも阻んでくれる」

恐ろしい異形の女は、艶めかしく笑う。

『それがかなわぬ時が、遠からず訪れよう。わらわを阻むこともできぬ無力な式神、それでもお前は冥がりを阻むと言い張るのかえ？』

扇の先が若菜の華奢な喉に添えられるのを見据えて、玄武は毅然と断じた。

「阻む。我の力が及ばぬとも、我ら十二神将の力が及ばぬとも」

拳を握り締める。十二神将は、この人界においては枷をはめられているようなもの。本来の力を存分にふるえない自分たちに、どれほどのことができるか。

だがそれは、神将たちが神将の力だけを頼みとしているからだ。

「阻んでみせるとも。我らの力を駆使し、我らが主安倍晴明が、その手で必ずや若菜を、冥がりから引き上げる！」

十二神将玄武の幼い子どものように小さな体躯から、神気が迸った。

「若菜から離れろ、姫御前！　その娘に触れることはまかりならん！」

怒号する玄武を見返す姫御前は、ついと目を細めた。

ふいに、彼女の瞼が震える。

血を塗ったように紅い唇が小さく動いた。

『……晴明？』

かすかな呟きは玄武の耳朶を掠めた。

「なんだと？」

咄嗟に聞き返した玄武の鼓膜に、ひときわ激しい太陰の悲鳴が突き刺さる。

はっと荷葉を顧みた玄武は、彼女の刀印が籠目を描くのを見た。

「荷葉、やめろ！」

神将の叫びなど意にも介さず、女は凄まじい術を完成させる。

ぽっかりと開いた時空の穴に、火花を立てる光鎖に囚われた太陰がじわじわ引き込まれていく。

「太陰！」

玄武の叫びを、若菜の枕元にうずくまった守宮は聞いた。

◆　◆　◆

渡殿に倒れていた藤原敦敏は、激しい吐き気と頭痛を覚えながら目を覚ました。

「…う……」

なんとか上体を起こすが、頭の芯が揺れて苦いものが喉の奥にせりあがってくる。

たまらずに簀子の端になんとか顔を出し、喉と口内を焼く胃液を吐けるだけ吐いた。

胃の中ががらになって吐けるものがなくなると、鉄の味がして胃液が桃色に変わる。

血の混じった胃液をひとしきり吐いた敦敏は、ひどく体力を消耗して渡殿に身を投げ出したまま動けなくなった。

手足の先が恐ろしいほど冷たく、感覚がまったくなかった。

自分は何をしているのだと、考えられるようになったのは、しばらくして呼吸が少しずつ落ちつきはじめた頃だ。

「…こ…こ……は……」

混乱して、目だけで辺りを窺う。渡殿にかかる屋根裏の梁や棟木、垂木などを見上げて、記憶を手繰った。

そうだ、ここは東五条殿。祖父、関白忠平の邸だ。

今宵は宴が催されるのだ。内々に、帝のご臨席を賜ることになっている。大后穏子も里帰りを兼ねて帝とともに宴に招かれており、供される楽の音を楽しむ手はずになっていた。

だんだん頭がはっきりしてきて、敦敏は必死で起き上がった。まだ目眩がするが、先ほどまでの激しい吐き気はだいぶ治まった。

自分は対屋に琵琶を置いており、弦の調子を確かめようと思っていたはずだ。

高欄を掴んで柱を支えに立ち上がる。

ふと、鼻先をくすぐる甘美な香りに気づいた。

「これは……」

くらりと、それまでとは質の違う目眩がした。

そして思い出す。匂い立つように美しい女がまとっていた香りだ。この世のものとは思えないほど美しい女。

そして、この世のものとは思えないほど美しい華が咲いた夢を見ていた。心すべてをとろけさせるような甘くきつい香りと、何もかも忘れて見とれるほど美しい華。絡みついてきた女のしなやかな指は、我を忘れるほど心地よく、あのままこの身も心もゆだねてしまいたい衝動にかられた。

とろけるような夢だった。

もう一度見たいような、二度と味わいたくないような、恐ろしい夢だった。

漂う香りは敦敏の心を再びとろけさせようとするのに、彼の体は強張ってかたかたと震え出している。心臓は激しく鼓動し、息が上がっていく。

恐慌で叫び出しそうになった敦敏は、胸の辺りに熱さを感じて瞬きをした。震える指で懐を探る。

そこにあったのは、年老いた乳母に持たされた御守袋だった。敦敏が危険にさらされはじめた頃に、誰よりも案じた乳母が渋る彼に半ば無理やり持たせたものだ。

御守袋を見た敦敏の脳裏に、迫ってきた毒々しい華が急に離れて遠ざかった様が浮かんだ。

これが自分の命を救ったのかもしれない。しかし、どうして。

「いったい、何が……？」

袋の口をあけて中を探る。出てきたのは、折りたたまれた紙だった。墨と朱墨で何かが描かれているようだ。

開くとそれは、敦敏にはわからない文字と、ふたつの紋が描かれていた。九本の線で描かれた格子縞と、ひと筆で描かれた星。――五芒星。

話に聞いたことがある。凄まじい効力を持つ霊符を作る陰陽師がいると。その生い立ちゆえに表立って依頼するのは憚られるが、相場より高い報酬と引き替えにひっそりと霊符を求める者が後を絶たないと。

そして、その術者が好んで使う退魔の印が、桔梗の花によく似た五芒星だとも。

幾度も危うい目に遭いながら、それでもそのたびにそれらをぎりぎりで回避してこんにちまで無事でいられたのは、よもやこの御守袋のおかげだったのか。

呆然と護符を見ていた敦敏の耳に、突如として轟いた悲鳴が突き刺さった。

南庭の中央に、不気味な闇色の沼があった。闇色の水面に黒緑のいびつな形の葉が無数に浮き、たくさんのつぼみが開くのを待っている。

沼の中央に人間の身の丈ほどもある茎が何十本も縒り集まって、大きな華をつけているのだ。

華はとても美しかった。華の放つ心をとろけさせる甘く芳しい香りは、東五条殿全体に広がって濃密さを増していく。その香りを吸い込んだ貴族たちは、とろんとした目でふらふらと沼に近づき、水からのびる黒緑の茎に囚われてがんじがらめにされながらうっとりと笑っている。

まだ理性の残っている者も、近づくことまではしないが香りに酔ってくずおれたり、壁際に座り込んでいる。

寝殿の母屋にしつらえられた席に座していた帝と大后は、庭からもっとも遠い位置にあったため、幸か不幸か正気を保ちつづけていた。

恐怖のあまり硬直して声も出ない帝を、穏子が抱え込むようにしてかばっていた。

「主上…！」

穏子の脳裏に、毎晩見ている夢の光景が駆け抜ける。

闇を切り取ったような無数の華が咲く。あのつぼみがじきに開く。水からのびた茎。

いいや、黒いあれは根ではないのか。

ゆらゆらと波紋を広げる沼。その奥に、血走った目がやがて現れるのではないのか。

黒い根が、階に向けてずるずるとのびてくる。

廂に席を設けた藤原一門は、ある者は恐れ慄き正体を失い、ある者は香りに酔って陶然と沼を眺め、ある者はのびてくる茎の先にある華のつぼみに手をのばす。

稔子はぎょっと目を剝いた。

のびてきたつぼみが徐々に開いて美しい女の顔が現れた。華の萼が白い手に変わり、陶然と笑う貴族の顔を包むように捕らえる。近づいていく女の口がべろんとまくれて真っ赤な口腔が剝き出しになり、人の頭より大きな穴が開いた。穴の奥からしたたる蜜は唾液のよう。よりいっそうきつく、甘い香りが立ち込める。むっとするほど濃密な香りに思考を奪われた貴族の頭を、華の口がゆっくりと吞みこんでいく。

華にのびていた貴族の両手がだらりと下がった。全身が弛緩して、華にぶらさがっているように見える。

華が震えるたびに、貴族の体がずるずると穴の奥に吞まれていく。緩慢に、咀嚼しているのだ。

あの華は、人間を喰っている。

そう理解した稔子は、悲鳴を上げることも目を閉じることも、気を失うこともできない自分を呪った。

なぜこんな光景を見つづけているのだ。どうして目を逸らしこの場から逃げ出さないのだ。

主上を連れて。我が子を引きずってでもここから去るのが、いま自分がしなければならない行動なのに。

しかし、意に反して体はまったく動かない。

ならばいっそ、ほかの者たちのようにあの華に身をゆだねてしまったほうが、よほど楽ではないか。

ああ、そうだ。無駄に恐れることも、慄くこともない。二度とあの恐ろしい夢に苦しむこともなくなるのだ。この香りに酔って、酔ったまま華に抱かれたら。

その証拠に、あの美しいつぼみが自分たちの許にゆっくりと近づいてくるではないか。

兄の忠平も茎と根に抱かれて笑っている。甥たちも、その子どもたちも。藤原一門だけでなく、楽師や招かれた貴族たちも、みな華と戯れているではないか。

自覚はないが、彼女もまた香りに完全に囚われている。沼に生えた華は水音を立てながらつぼみを増やし、水からはみ出て邸の柱や階、簀子にも及んで生い茂っていく。

穏子も帝も、いまや体に巻きついた茎にもたれて、目の前に開いた華をうっとりと見つめている。

ああ、なんといい香りなのだろう。甘く、芳しく、胸いっぱいに吸い込むたびに、心を煩わせていた一切が消えていくようだ。

このために自分はここに来たのだ。この華に身をゆだねるために、この華に心を溶かされるために。

そう、自分はそのために――。

瞼を落とした穏子は、その瞬間、空気をうち震わせるような重い音に体を貫かれたような衝撃を覚えた。

はっと瞠目し、視線をめぐらせる。

霞がかった思考で動作が緩慢だ。

それまでこの上もなく美しいと感じていた華が、急に毒々しく恐ろしいものに見えた。

再び重い音が響く。華がゆらりと向きを変えた。

無数の華が一斉に一点を向く。

篝火の消えかかった夜闇の中、沼のほとりに、ひとりの男がいる。

あれは誰だ。

夜を染め抜いた直衣。顔に布を巻いている。面差しが隠されている。

あれは。

必死に考えて記憶をたどり、穏子はようやくその名を思い出す。

「あ…」

そこに、高欄を伝ってよろめきながら敦敏が現れた。

むっとするほど濃密な甘い香りに満ちたおぞましい光景に、彼はひっと息を呑む。

そして、沼のほとりに立つ男を見て、手にした霊符を握り締めた。

男が拍手を打つ。重く轟くその音が響くたびに、生い茂った華の群れがのたうつように震えて蠢く。

闇色の水面が波立ち、底に沈んでいた根がぼこぼこと音を立てて突き出てきた。

茎と根がうねってざわめく音、それが放つ妖気、むせ返るようなきつい毒の香り。

荒れる水面、震動、飛沫、空気のうねり、人々の呼吸、身じろぐ衣擦れ、血の道の流れ、鼓動の音。

篝火の薪が音を立てて爆ぜる。

まるでそれが合図だったように、男は口を開いた。

「――ナウマク、サンマンダバサラダン、センダマカロシャダソワタヤウン、タラタカン、マン…」

敦敏と穏子が異口同音にうめく。

あれは。

「安倍、晴明――！」

◇　◇　◇

冥がりの底で、終わらない夢を見ている。

黒絹の髪が広がって華と葉の狭間に漂う。

水面に揺蕩いながら、閉じた瞼からつうと一筋の滴が伝い落ちた。

夢を、見ている。

「……晴……明……さま……」


夢を、見る。

この冥がりに、咲く華の。

六

嗚呼(ああ)、禍(わざわい)だ。禍だ。
冥がりを呼ぶ禍だ。

人にも魔(ま)にも成れぬ者。
お前こそが、禍だ。

◆

◆

◆

物心つく前から、近しいのは眩い光ではなく、押しつぶされそうな闇だった。

陽が落ちて、世界が夜に覆われる寸前の短い時間。大禍時。

黄昏は、誰ぞ彼と問う声。

誰ぞと問う、その声は、では誰のものなのか。

目の前に広がる闇の奥から響く、誰ぞ彼と問うその声こそ、冥がりに沈む化生たちの発する、こちらへおいでと招く誘いではあるまいか。

誰ぞ、彼は。

そは、身の内に冥がりを棲まわせる、人にあらず、化生にあらず。

そしてそのどちらでもあり、彼岸にも此岸にも疎まれて行き場なく、冥がりを彷徨う者。

「安倍晴明……！」

ようやく紡いだ震える声が、大后藤原穏子の凍てついていた感情の堰を切った。

「あ…あ…っ！」

瞬時にあふれた涙がこぼれ落ち、穏子は声にならない声を上げて嗚咽する。

凄まじい恐ろしさに全身を搦め捕られて、それ以上に激しい積年の怒りが胸の奥で爆ぜる。

震える指で、闇に生じた沼の中央をさし、穏子は悲鳴のように叫んだ。

「その化け物を、退けるのじゃ！」

そして、二度と現れないように、完全に殺してしまえ。

しかし、沼のほとりに立つ安倍晴明は、背に叩きつけるようにして放たれた命令など聞こえてはいなかった。

彼が視ているのは、沼の中央に生い茂る化生。黒緑の枝や幹、いびつに歪んだ黒い根が水面に突き出てざわざわと震え、無数の波紋を立てて飛沫をあげる。

沼からのびた根や枝に囚われた者たちは恍惚とした面持ちで身をゆだね、もはや何が起こっているのかを知覚することもできない。

化生の華はそれらの精気をゆっくりと吸い上げて、生き生きと枝をのばし葉を広げ、大輪の華を歓喜に震わせる。

花弁は闇のように深い紅。冥がりに鮮やかな血を落として塗り込めたような禍々しさを放つ。

人の頭よりずっと大きな華が、静かにほころんでいく。見事に咲いた大輪の華の中央には、眠るように目を閉じた顔があった。

それが誰の面なのか、察した晴明は息を呑んだ。

以前、十二神将を欲して自分に戦いを挑んできた術者だ。

華の中央にある顔が僅かに口を開いて、苦しんでいるように眉をひそめた。屍蠟のような色の唇が動いて、歪んだ瞼がやおら開く。白く濁った瞳がきょろりと動き、術者の顔はやがて恍惚として笑うと、渦巻くように崩れた。

華の中央に盛り上がった箇所が、再び何者かの面を浮かび上がらせる。

晴明の知らない顔だ。その顔もまた、崩れて消える。

幾つもの顔がそうやって浮かび上がっては消えていく。

化生の変化を凝視しながら、晴明はずっと口の中で真言を唱えていた。

「ナウマクサンマンダ、バサラダンカン」

繰り返し、繰り返し。

頭で考えなくても、口が勝手に動く。思考より先に体が反応する。

呪詛に光を奪われて、濃密な香りに嗅覚を阻まれ、聴覚も触覚も、もはやままならない。

力を込めている足も、印を組んでいるはずの両手も。呼吸しているはずの胸も、鼓動を刻んでいるはずの心臓すらも、どこか遠いところにあるようだ。

「ナウマクサンマンダ、バサラダンカン」

何もかもが覚束ない中で、他人のもののように遠くから聞こえる声だけが、晴明の意思をかろうじてこの現世につなぎとめていた。

そして、真言の詠唱をひとつ、またひとつと終えるごとに、彼岸も此岸も遠ざかって冥がりがより近くなってくる。

堕ちてやろう。

どくんと、胸の奥で不自然に鼓動が跳ねる。

唐突に、かすかな声が甦った。

——我らの静けき冥がりを乱すな
「…………」

晴明は、我知らず薄く笑った。

この声を、覚えている。

そうか。

——呪われろ、晴明。貴様が呪われて冥がりに堕ちろ
お前だったのか。

夜の都大路だ。晴明の前に現れた一匹の化生。

あの守宮は、橘邸の主か。

「…………ナウマクサンマンダ、バサラダンカン……」

ざわざわと、沼の中央に茂る冥がりの華がざわめいた。無数の獲物たちを俄かに解放し、黒緑の枝や根を一点にのばしはじめる。

そこに立つのは、極上の獲物だ。徒人よりもずっと力が強く、美味なる精気と桁違

いの神気をその身にまとわせた男だ。

その男は、とうの昔に冥がりの罠に囚われている。

凄まじい力は冥がりに染まりかけ、魂は冥がりの底深くに沈みつつある。

あとは、香りに酔わせてゆっくりと味わい尽くすだけ。

大輪の華の中央に浮かび上がった顔は、奇妙に歪んでまたもや様相を変えた。

形作られたのは、少女の面差しだった。

閉じられていた瞼がかすかに震えて、静かにあがる。白濁した目は不気味にくるりと回ると、沼のほとりに立っている男を見て、おもむろに微笑んだ。

薄い唇が開いて、かすかな吐息とともにささやくような声がこぼれる。

《……晴明……さ…ま…》

晴明の肩がびくりと震えた。

真言がふつりとやんだかと思うと、白い布に覆われ隠された晴明の面差しが、明らかに豹変する。

「…………っ！」

固唾を呑んで見守っていた大后はひっとうめいた。

安倍晴明の全身から、仄白い陽炎のようなものが立ち昇る様がはっきりと見える。

あんなものをかもしだす男が、人間であるはずがない。

あれは、人の姿をした化け物だ。

しかし、あの化け物を頼みとしなければ、我が身も我が子も助からない。

がたがた震えて声も出せない穏子は、それまで印を組んで微動だにしなかった晴明が動き出したのを見た。

誰かに導かれなければ動くこともままならないはずの男は、ゆらゆらと沼に足を踏み入れる。

水面に波紋が広がっていく。晴明から放たれる仄白い陽炎が水面を震わせ、激しく波立たせていくのだ。

化生の華は艶やかに嗤う。枝を広げて、まるで愛しい男を迎え入れるようにうっとりと目を細める。

《……おいで……ください……晴明さま……》

華の真ん中に浮かんだ顔が猛毒のように甘い声で誘う。

晴明は、唇を噛んだ。声のするほうに顔を向ける。

守宮の言葉が、頭の中を駆けめぐった。

――お前の落とした禍だ

ああ、そうだとも、これはすべて、冥がりに近しい己れが引き起こしたこと。冥がりに惹かれてやまない、化生の血が招いたこと。

——鎮めるのはお前の役目だろう、安倍晴明
だからこそ、もはや関わるまいと心に決めた。

「その声を模すな、ばけもの」

目ではなく、視える。華の中央に浮かぶ面差しが誰なのか。

華の中央で、白濁した目が嬉しそうに嗤う。

晴明は右手で組んだ刀印を掲げた。

「バン、ウン、タラク、キリク、アク」

素早く空に描いたのは、五芒星。

両手で結印した晴明の全身から、激しい霊力が迸る。

「オンバゾロ、ドハンバヤソワカ、オンバザラギニ、ハラチハタヤソワカ」

真言とともに印を組み替え、そのたびに晴明から放たれる霊力が強まっていく。

ずっと嗤っていた華が、ふいに顔を引き攣らせた。

目の前にいる男の放つ力。冥がりに染まっていたはずの霊力に、対極の波動がにじみ出している。

化生の華は水面を滑るように後退する。

対する晴明は、水底の泥に足を取られながら、一歩一歩全力で進んでいく。

「オンキリキリバザラウンハッタ、オンハンドマダラアボキャジャヤニイ、ソロソロ

ソワカ」

堕ちてやろうとも。鎮めてやろうとも。どうせこの身は、ほかの誰も行きつけないほど深い場所まで沈むのだ。誰ひとり、見ることはおろか思うことすらできないほどの、深く重い冥がりの底に。

花すら咲かない、音すら届かない。光など射すはずもない。焼けた目は、もはや何も映さない。

それでいい。彼女の声も、姿も、最後に取った手の感触も、ぬくもりの記憶すらも、すべて現世に置いていく。

「オンキリキリバザラバジリホラマンダマンダウンハッタ、ナウマクサンマンダボダナン、オンナウキシャタラニシダエイソワカ！」

波立つ水面に飛沫が上がり、底からぼこぼこと泡が噴き出してくる。

凄まじい波動が渦を巻き、化生の華と晴明をもろともに呑みこんで水竜巻と化した。

《――――――っ！》

大きく開いた大輪の華は、鋭利な刃物と化した水にずたずたに切り裂かれて断末魔の叫びを上げる。

金切り声にも似たそれは、ぞっとするほど不気味に轟いた。

水竜巻は飛沫を散らしながら高く高く巻き上がり、邸全体に漂っていた甘い香りを吹き飛ばす。

「…………っ」

晴明は、力を使い果たしてがくりと膝をついた。体が水底深くに落ちるような奇妙な感覚に襲われる。足が沈む。泥のような水底は果てがなく、晴明は徐々に水に沈んでいく。

腰まで泥に呑まれて、もはや自力で抜け出すことはできない。抗う気力も尽きている。

沈む晴明の体に、やおら固いものがのびてきて巻きついた。

化生の根だった。ぼろぼろの根をのばして晴明に巻きつかせ、最期の力で引き寄せる。

残っていた霊力すべてを使い果たした晴明は、なすすべもなく囚われるままだ。

華は晴明を枝と根で捕らえると、そのまま水底に引きずり込んだ。

水はとろりとして重かった。

無残な姿になった華の中央にある顔が醜く歪み、頰まで裂けるほど大きく口を開く。

真っ赤な口腔がのぞき、晴明を頭から呑みこもうとする。

化生の動きを感じながら、晴明の心はひどく静かだった。

喰えるものなら喰ってみるがいい。命と引き換えの術で冥がりの底に葬ってやる。

そして、冥がりに囚われた彼女を、この現世に押し戻す。

晴明は、華の顔を無造作に摑んだ。餌をおびき寄せるための偽りの相貌。

ふいに、晴明の耳の奥に悲鳴のような叫びが突き刺さった。

なぜだ、愛しい女の面差しに、なぜ惑わされない。

「…………」

晴明はうっそりと笑った。

「ばけものの分際で」

摑んだ指に力を込めて、握りつぶす。

「これ以上、その面差しをかたどるな……！」

水と泥の渦が激しさを増し、化生の華を引き裂いてばらばらに押し潰す。

支えのなくなった晴明の体は、深い水底に沈んでいく。

化生の力で、ひとの生きる現世と化生の棲む冥がりの境が歪められ、混沌とした狭間の先に晴明はゆらゆらと堕ちていく。

そして彼は、気づけば静かな冥がりの底に立っていた。

冷たい水の広がる、果てのない湖のような場所だった。

色のない漆黒の水面には、黒々とした円い葉と、同じ色の茎と。

色のないたくさんのつぼみが揺蕩っている。

晴明は、顔を覆っていた白い布を引きむしるように外すと投げ捨てた。

光の射さない冥がりの底では、何も見えない。彼の姿を見るものもない。

焼けただれた面持ちは無残な痕となり、きっと生涯消えないだろう。

それでもいい。どうせ、ここから晴明は戻らない。

化生とともに堕ちて、戻る道はわからない。冥がりを照らす光もなく、冷たい体をあたためる炎もない。

瞼がうずいた。

痛みを堪えて目を開く。どういうわけか、瞼が上がった。焼けて張りついていたのに。

じくじくと痛む瞼は、かろうじて動かすことができた。しかし、それも最後だろうと晴明は思った。

晴明に、最後の最後に残った化生の力が、求めるものを見るためだけに発動したのだ。

闇色の水が揺れている。

その水よりさらに深い黒の髪が、波に遊んで揺れていた。

「……」

晴明は、ふらりと足を進めた。

長い髪がゆらゆらと流れる。水に仰向けに揺蕩う痩軀。白い単一枚まとった体は、胸から下が沈みかけている。

閉じられた瞼はぴくりとも動かず、呼吸もしていないように見えた。

白い面差しに表情はなく、冷え切った肌はまるで作りもののよう。

だから晴明は、手をのばした。

ここは、冥がりの底。

現世から切り離された、化生の棲む異界。

いまならば、きっと許される。二度と関わらない、触れることもないと誓ったのは、光の下だったから。

光の射さない冥がりの底で何があっても、誰も見咎めはしない。

ここでは、晴明自身しか晴明を裁かない。

「…………か……な…」

ゆるゆると沈もうとしていた少女を水から引き揚げた晴明は、その細い肢体を抱きしめた。

震えるのは胸の奥。震えるのは心の一番やわらかいところ。

もう一度、その声に名を呼ばれて。もう一度、その笑みを見たかった。

まるで野に咲く花のような、儚げでたおやかな面差しを。

狂おしいほどに、焦がれて焦がれて、ただ焦がれて。

「……若菜……っ……！」

これが最後だ。

冥がりに囚われたその心を、光の射す現世に戻す。

代わりに、この心は冥がりに置いていく。

この身ごと、この命ごと、冥がりに置いて逝く。


篝火が消えて、辺りは闇に覆われた。

穏子は、化生と晴明の消えた沼を、呆然と見ていた。

安倍晴明は姿を現さない。沈んだまま上がってくる気配がなく、水面は凪いでいる。

不気味な静寂が辺りを支配していた。化生の作り出した沼は依然としてそこにあり、宴に集った貴族たちは一向に目を覚まさない。

「……晴……明……」

かすれた声をようやく絞り出し、穏子は這うようにして階に近づいた。

「晴明……晴明は……どうした……」

化け物を退けよと命じた自分の声を、果たしてあの男は聞いていたのだろうか。

あの恐ろしい化け物は、本当に倒されたのか。

「……晴明…戻れ……戻って……」

我が身と我が子を、恐ろしい呪詛と祟りから守るのだ。

「晴明…晴明…！」

十二神将とやらはどうしたのだ。なぜ姿を見せないのだ。

「晴明……！」

悲鳴のような語尾が闇にとけて消えていく。

ふいに、沼の中央にぼこりと大きな泡が浮いて弾けた。

はっと息を呑んだ穏子が凝視していると、泡はあとからあとからわいてくる。やがてそこに、ちぎれたような花弁が混じるようになった。

ぼこぼこと不気味な音を立てて沼全体が震える。

静寂の中に、しゅうしゅうという異様な音が響きだした。

あちこちに不穏な気配が生じる。見えない何かが蠢いて、揺らめく沼に迫ってくる。

闇の奥にぼうと浮かんだ影は、異形のものに違いなかった。

「………っ！」

声にならない声を上げて、動けない穏子はその場にうずくまった。

ぼこぼこと、泡が弾ける音だけが不気味に響く。

固く閉じていた目に、突如として刺すような閃光が見えたのはその刹那だった。

激しい衝撃が沼の中央に打ち下ろされて、轟音とともに水が割れる。

思わず顔を上げた穏子は、闇に閃く雷光にも似た烈しい輝きと、その中に屹立する長身の影を確かに見た。

「……っ」

目を射るほどの強い光で視界が焼ける。

気を失う寸前、穏子は感じた。

あれがきっと、安倍晴明が従えた式神――――。

◆　◆　◆

時空に生じた穴に引きずり込まれる寸前、太陰の眼前に凄絶な神気が顕現した。

「あ…！」

瞠目した太陰を、爆裂にも似た神気が翻弄する。

叩き落とされたふた振りの得物が起こす衝撃だ。

時空の穴と光鎖をもろとも破壊した神気の主は、闘将紅一点、土将勾陣。

十二神将中二番手の甚大な通力の持ち主である勾陣によって助けられた太陰は、自由を取り戻すとすぐさま急降下した。

「荷葉！」

橘邸に飛び込んで、竜巻を振りかぶる。

「食らえっ！」

怒号一発、全力で放った竜巻が炸裂する。

振り返った荷葉は、さすがに血相を変えた。

「く…っ！」

瞬時に描いた籠目と四縦五横で築いた障壁が竜巻をかろうじて食い止める。しかししばらく拮抗した力の奔流は、やがて荷葉の作り出した壁を突き破った。

「――――っ！」

腕を交差させて身構えた荷葉の前に、目を剝いた玄武が滑り込む。

「太陰、たわけものっ！」

怒鳴りながら波流壁を築く。同胞の竜巻を、玄武の神気はかろうじて抑え込んだ。

神気が突風の形を取って散らされる。若菜の居室は強風でめちゃくちゃになった。

几帳が倒れ御簾が破れ落ち、家具も吹き飛ばされて惨憺たる有様だ。

守宮は小さな体で若菜に覆いかぶさるようにしてかばったが、あまり意味をなさないと思われた。

「若菜殿！」

その瞬間、白い猫のような獣が飛び込んできて、若菜の前に滑り込むとぱっと散った。

花吹雪のような白い紙が舞い、それが結界と化す。

庭から男の叫びが轟く。

「間にあったか⁉」

守宮は恐る恐る顔を上げた。

汗だくで息を切らせて簀子に駆け上がってきたのは、榎岦斎だった。

若菜と、彼女の傍らにいる恐ろしいほど美しい異形の女を見てぎょっと目を剝いた岦斎は、一瞬ひるんだように足を止める。

姫御前は血を刷いたような赤い唇を吊り上げてにぃと笑うと、開いた扇で顔を隠し、音もなく消えた。

「岦斎⁉」

太陰と玄武が同時に声を上げる。

岦斎ははっと我に返り、荷葉と若菜の間に移動すると、息を弾ませながら告げた。

「引け、荷葉。若菜殿は戻る」

荷葉は岦斎を剣呑に睨む。

「冥がりに沈んだ者は、さらなる冥がりを知る者でなければ戻せない」

「だからだ」

間髪いれず返し、岦斎は苦いものを含んだ顔をした。

「晴明が、冥がりから戻す。あいつはそのために、化生の罠に自らかかった」

荷葉が僅かに眉をひそめる。

そこに、十二神将勾陣がひらりと舞い降りてきた。

岦斎は勾陣に気づいたが、目は荷葉に据えられたままだ。

「己が身と己が命と引き換えに、あいつは若菜殿を取り返すために、おそらくもう……堕ちた」

一旦言葉を切った岦斎の目が憤怒に染まる。

「満足か、荷葉…！」

太陰と玄武ははっとした。

岦斎の両手が拳を作り、それが小刻みに震えている。感情を必死で殺しているのだ。

冥がりに堕ちれば、もはや誰も晴明を引き上げることはかなわない。晴明自身が堕ちることを望んだ。彼が堕ちる場所は、ほかの誰もたどりつけない深みだ。

ずっと若菜に覆いかぶさるようにしていた守宮が、突然声を上げた。

「姫！」

その叫びに、全員の視線が向けられる。

ぴくりとも動かなかった少女の瞼が震えている。

岦斎や神将たちが息を呑んで見守る中、若菜は小さくうめいて指を少し動かした。

守宮は目を見開いたまま若菜の横顔を凝視していたが、やがてはらはらと涙をこぼして打ち伏した。

「姫、姫、姫よ……！」

あとは言葉にならず、守宮はただすすり泣く。

岦斎は、沈黙している荷葉をぎっと睨んだ。

「見たか！」

両手をぐっと握った太陰が叫ぶ。

「ごらんなさい！　晴明はちゃんと若菜を守ったんだわ！」

「もはや若菜に手出しはさせぬぞ！」

小柄な玄武が荷葉の前に立ちはだかった。

「…………」

荷葉は目をすがめ、口元に指を当てて思案する風情を見せる。

そして彼女は、岦斎と十二神将を順に見やると、肩をすくめた。

「……得意になるのは構わないが、若菜が戻ったのならば、晴明が冥がりに堕ちたということだろう」

未だに目覚めぬ若菜を一瞥する荷葉の目がきらりと光る。

「この娘が妖の寄せ餌になりうる事実は変わらない。冥がりは常にその足元に在り、ともすれば引きずり込もうとするだろう」

彼女は視線を滑らせて、沈黙する岦斎をひたと見据えた。

「再びがあったとき、今度はお前がこの娘を引き上げるのか？　できまいよ。お前が降りられるような場所でない。降りればお前が冥がりに染まり、お前自身が寄せ餌と成り果てる」

安倍晴明だから降りられた。そして、安倍晴明だから引き上げられたのだ。

「晴明亡きいま、若菜が冥がりに染まるのを止められる者はもういない。よって、ここで禍の根は断たねばならない」

「そ……っ！」

怒号しかけた岦斎を、いつの間にか傍らにいた十二神将勾陣が、片手をあげて制した。

怪訝そうに眉根を寄せて瞬きをする岦斎には目もくれず、勾陣は口元だけで涼やかに笑う。

「女。そろそろ戯言はしまいにしろ」

「なに？」

剣呑さを増す荷葉に、勾陣の黒曜の双眸が鋭く輝いた。

「お前は心得違いをしている。いつ晴明が冥がりに堕ちたと？」

彼女の言葉に、その場にいた全員が目を瞠った。

「勾陣、それは…!?」

本気で驚いた様子の玄武が同胞に詰め寄る。太陰も同様だ。

「じゃあ晴明は無事なの!?」

荷葉と岦斎は瞠目したまま声もない風情だ。無理もない。特に岦斎は、晴明の覚悟と東五条殿のあの様相をその身で感じてきたのだ。

あの邸と敷地に満ち満ちた化生の放つ濃密な香り。そして充満していた凄まじい妖気。魂の半分が抜けていた晴明があれと対峙して生きて帰れるとは思えなかった。

勾陣は腕を組むと軽く首を傾けた。その双眸が向けられているのは、あくまでも荷葉だ。

凄まじい術を操る女は、右手で刀印を作りながら低く問うた。

「心得違いとは、どういう意味だ」

闘将紅一点である勾陣の全身から、静かな闘気が立ち昇り荷葉を威嚇する。十二神将は人間を傷つけることが許されない。しかし、甚大な神気で萎縮させ、身動きを封じることは可能なのだ。

「安倍晴明は化生の血を引き、その身に宿す力は冥がりに近しく、凄まじい」

「そんなことはとうに知っている」

「闇は深ければ深いほど色濃く、重く、光も届かないだろう。――陽の光ならばな」

荷葉の表情が険しくなる。対する勾陣の笑みが深くなった。

「女。貴様の前にいる我らが何者か、言ってみるがいい。安倍晴明に仕える我々が何者か」

彼女の台詞を受けた荷葉は、しばしの間胡乱な面持ちで闘将紅一点を睨んでいた。

「…………、っ！」

ふいに息を呑んだ彼女の表情が一変する。勾陣は満足げに目を閉じた。

「十二神将……！」

驚愕に彩られたうめきに、勾陣は涼やかに応じる。

「我ら十二神将は神の末席に名を連ねる。神とは、光そのものだ」

ならば、陽の光すら届かない冥がりの底にも、十二神将という光は届き、強烈な輝きをもって照らすだろう。

そして、冥がりに沈む男の心も魂も、甚大な神気ですくいあげ、力ずくで引き戻す。

勾陣は、喉の奥で小さく笑った。

「逃がしてなどやらないさ」

人間としてはことさらに未熟で、若さゆえという点を差し引いたとしても、果たして主に足る器かどうか。まだ最終的な判断を下すには早いだろう。

一度は見放そうとも考えた。しかし、彼が心の奥底に押し殺した意思が見えた。

十二神将たちが、主に足るかもしれないと可能性を見出したものは、消えていなかった。

「じゃあ……」

太陰が呟いた瞬間、大気を震わせる甚大な神気の渦が都の一角に顕現した。

玄武が息を呑む。

「これは……青龍！」

神気の方角を見やり、勾陣は瞬きをする。

「ああ、片がついたな」

渋る青龍を説き伏せたのは天空だ。勾陣は自分が行こうと申し出たが、天空は青龍にその任を命じた。

その代わり勾陣には、荷葉と対峙し苦戦している太陰と玄武の助力となるようにと、老将は言い渡した。

化生の華と相対した晴明の覚悟を見た勾陣は、以前騰蛇が口にした言葉を思い出した。

彼は、待っていると言った。あのとき勾陣は、晴明が命を終えるまでの短い時間が過ぎるのを待つということだと考えた。

しかし、そうではなかったのかもしれない。もしかしたら騰蛇は、晴明が自らの意思で動くのを待っていると、そう言いたかったのかもしれない。もっとも、彼に確認をしたわけではないから、間違っているかもしれないが。

「さて、女。若菜は戻り、晴明も引き上げられた。貴様はどうする」

岦斎の結界と十二神将の放つ神気で、橘邸の周囲を徘徊していた異形たちは姿を消した。

荷葉は沈黙したまま勾陣を睥睨していたが、やがて深く息をついた。

◇　◇　◇

目が、痛い。

じくじくと痛む。瞼と頬と、傷を負っている箇所が異様な熱を帯び、波のように生じる痛みが思考を鈍らせる。

そう思った晴明は、それまでずっと意識がなかったことと、痛みで目が覚めたのだということに気づいた。

痛みが激しい。いっそずっと眠っていたほうが楽だったのに、痛みのせいで目が覚めた。

「お目覚めですか、晴明殿」

笑みを含んだような呼びかけとともに、鼻孔をくすぐる仄かな香りを感じた。

荷葉。夏の香りだ。

「ああ、まだ瞼を上げてはなりません。いま無理をすれば、二度と開かなくなりますよ」

たしなめるような語調とともに、熱を持った目の上に冷たい手が押し当てられた。

氷のように冷たい肌だ。まるで死人のような。

晴明の胸の内を読んだのか、荷葉と名乗る女は小さく笑ったようだった。

「あながちはずれてはおりませんわ。この身はじきに消えましょうから」

開かない瞼を震わせる晴明に、女は淡々と紡ぐ。

「荷葉は、夏の香りですもの」

宴の晩から十日ほど経っている。

晴明はその間、ほとんどを眠って過ごし、目覚めても熱に浮かされたようで記憶がはっきりとしていない。混濁した意識の狭間で、神将たちの案じるような語気や、怒気を隠さない唸りが聞こえていた気がするのだが、どこまでが現実でどこまでが夢だったのか覚束ない。

目の上に置かれた手のひらはひやりと冷たく、どういうわけかその冷たさが痛みをやわらげていくようだった。

何かの術を使っているのかと、晴明はぼんやりと考えた。

「姫は、これまで以上に妖を恐れましょう」

それは、いわば防衛本能だ。近づきすぎれば冥がりに引きずり込まれる。彼女の本能はそれを回避するために、恐れという形で警告を発露する。

「一度は冥がりに呑まれて沈みかけた。もう、何もなかった頃には戻れない。いつ何時、異形たちを呼ぶ生き餌になるかもしれぬ身」

取り返しがつかなくなる前に、なんとか事態は収束した。しかし、いつか来るかもしれない次もまた、無事に終わるとは限らない。

「再びのとき、あなたさまはどうなさいますか？」

痛みを消していく術の波動は、清冽な水に似ている。痛みとともに、晴明を苛んでいた呪詛も消されていくのを感じている。

再びがあったなら、この女はきっとまたどこからともなく現れて、今度こそ彼女の命を奪うだろう。禍の根を断つために。

「……………もしものときは」

女の手を摑んで目から引きはがし、瞼を閉じたまま宣言する。

「この手で、禍を止める」

かすかに身じろぐ気配がする。女は静かに笑ったようだった。

「その手で、と、申されますか」

「ほかの誰の手も、煩わせはしない」

ほかの誰にも、譲らない。ほかの誰かがそれをなすなら、晴明はその誰かを殺すだろう。

そして、その誰かに晴明がなるなら、すべてが済んだのちに晴明は己れを殺すだろう。

ほかの誰にも譲らない。

心に決めた。二度と会わない。二度とその名を呼ぶことはないと。

その代わりに、もし彼女に再びがあったなら、晴明が手を下す。

手首を摑む晴明の指を一本ずつ外していきながら、女は静かに紡いだ。

「冥がりの底に咲く華は、さぞかし美しかったでしょうね」

女の手が再び目の上に触れる。

同時に晴明は、抗いがたいほど強烈な眠気に襲われた。荷葉の声が遠のいていく。

「華を退けたことに免じて、この醜い傷は……」

思惟が闇に溶ける寸前、鼻先にかすかな香りが触れた。

夏の香、荷葉。

ああ、夏が過ぎていく——。

◇　◇　◇

——わたしたち、晴明のそばにいていいのかしら？
——良いと、思われる。でなければ、この男、またいつ冥がりに染まるかわからん
——じきに染まれなくなると、翁は仰せになっていましたが…

――案ずるな、天貴。ところで、それはいつだ？

――さてね。この男の心次第だろうさ

――もし再びがあれば、今度こそ見放すまでだ

――なら、もし再びがないように、お前が目を光らせていたらどうだ？

――よもやこの男についていろと!?　ふざけるな！

◇　◇　◇

久方ぶりに、頭がはっきりとしてきた。

いまは何刻頃だろう。陽が射して片方の頬に当たっているのを感じるし、鳥がさえずっているから夜ではない。

室の構造を思い出して考える。上げれば光が入る蔀は東と南。どちらかが開いているのだろう。

いまはまだ夏のはずで、陽射しは斜めに当たっているようだから、昼前か。

晴明はしばらくして、布がいつの間にか取り払われていることに気づいた。神将た

ちの誰かが外したのだろうか。

ふうと息をつく。大分感覚が鋭敏になってきた。これだったら見えなくても日常生活にそれほど支障は出ずに済むかもしれないと思うのは、楽観的すぎるだろうか。

混濁が薄れるたびに、枕元で言い争うような声がしていた気がする。特に耳に残っているのは、殺気じみた気配と怒号。

なのに、どうしたことか。

目を閉じていてもわかる。すぐ傍らに、怒号の主が隠形しているのが。

どうやって言い含められたのだろうと、本気で晴明は困惑する。

意を決して口を開こうとしたとき、門が開く音がかすかに聞こえた。

来訪者か。注意を向けると、神将の誰かが応対しているようだ。

誰かがやってきた。岦斎だろうかと思ったが、あの男ならもっと騒々しいはずだ。

と、それまで傍らにあった神気がふっと掻き消えた。

次いで、廊を渡ってくる衣擦れが耳朶を掠める。風を通すために妻戸が開いているのか。こちらに進んでくるのがはっきりとわかる。

誰だ。

神将たちは何も言わない。ならば既知の人物に違いない。危険はないと判断しているから邸に上げたのだろう。

もしかして阿倍野に住んでいる父だろうか。いやしかし、神将たちは父を知らないはずだ。

ではいったい。

横になったまま当惑する晴明の茵の横に、来訪者が静かに腰を下ろす。

痛いほどの視線を感じて、眉根を寄せた晴明は、痛みがまったくないことに気づいた。

思わず瞼や頬に触れる。あれほどひどかった傷が、どうやらほとんど消えているようだった。

思い出したのは荷葉だ。彼女の術は、治癒のためのものだったのか。ただの親切心か。それとも何かたくらんでいるのか。

皆目見当がつかない。

無言で思案している晴明の耳に、遠慮がちな声が響いた。

「……お加減は、いかがですか？」

「――――」

晴明は、耳を疑った。瞬間的に全身が硬直し、息が止まる。

まさか、信じられない。

戸惑ったような声音が、彼の名を呼ぶ。

「晴明様…あの……聞こえていらっしゃいますか…？」

晴明は、唇を動かして、喉の奥で彼女の名を紡いだ。

二度と会わない。二度と呼ばない。

そう心に決めた。決めて、いたはずなのに。

我ながらとてつもなく愚かなことに、その声を聞いただけで、決意などもろくも崩れ去ろうとしている。

晴明の様子から眠っているわけではないことを悟った彼女は、少し言葉を選んでいるようだった。

「晴明様がどうされているか、ずっと、心配で……。家の者にようやく許しをもらえて、こちらに伺うことができました」

ずっと臥せっていたはずの彼女の外出を、よく家人たちが許したものだ。

何かを言おうと、晴明は懸命に言葉を探した。

光の届かぬ冥がりに、その華は咲いていた。化生の血を引くこの身には、笑えるほどに相応しい華だと、思っていた。

けれども。

晴明は、二度と開かないと諦めていた瞼に力を込める。夏とともに去った女の残した土産は、吉と出るか凶と出るか。

果たして晴明は、そこに何を見出せる。

いつこの身を染めるかもわからないその冥がりに、射した烈しい光があった。
その光は、いつまでこの身を照らすだろうか。
眩しいほどの光に満ちたこの現世に、自分はいつまでいられるだろうか。
冥がりに華が咲いたように、光の中にも花は咲くだろうか。
自分は思えるだろうか。冥がりに咲く華よりも、光に咲く花こそ美しいと。
この目に、それは見えるだろうか――。
祈るような気持ちでようやく瞼をあげる。
そして、晴明は見た。

陽の光に照らされて、涙に揺れる瞳で微笑む。
何よりも美しい、花のかんばせを。

本書は、平成二十五年二月に小社より刊行
された単行本を文庫化したものです。

その冥(くら)がりに、華(はな)の咲(さ)く
陰陽師(おんみょうじ)・安倍晴明(あべのせいめい)
結城光流(ゆうきみつる)

平成28年 2月25日　初版発行
令和6年 3月5日　7版発行

発行者●山下直久

発行●株式会社KADOKAWA
〒102-8177　東京都千代田区富士見2-13-3
電話　0570-002-301(ナビダイヤル)

角川文庫 19600

印刷所●株式会社KADOKAWA
製本所●株式会社KADOKAWA

表紙画●和田三造

●お問い合わせ
https://www.kadokawa.co.jp/（「お問い合わせ」へお進みください）
※内容によっては、お答えできない場合があります。
※サポートは日本国内のみとさせていただきます。
※Japanese text only

ISBN978-4-04-103615-0　C0193

角川文庫発刊に際して

角川源義

第二次世界大戦の敗北は、軍事力の敗北であった以上に、私たちの若い文化力の敗退であった。私たちの文化が戦争に対して如何に無力であり、単なるあだ花に過ぎなかったかを、私たちは身を以て体験し痛感した。西洋近代文化の摂取にとって、明治以後八十年の歳月は決して短かすぎたとは言えない。にもかかわらず、近代文化の伝統を確立し、自由な批判と柔軟な良識に富む文化層として自らを形成することに私たちは失敗して来た。そしてこれは、各層への文化の普及滲透を任務とする出版人の責任でもあった。

一九四五年以来、私たちは再び振出しに戻り、第一歩から踏み出すことを余儀なくされた。これは大きな不幸ではあるが、反面、これまでの混沌・未熟・歪曲の中にあった我が国の文化に秩序と確たる基礎を齎らすためには絶好の機会でもある。角川書店は、このような祖国の文化的危機にあたり、微力をも顧みず再建の礎石たるべき抱負と決意とをもって出発したが、ここに創立以来の念願を果すべく角川文庫を発刊する。これまで刊行されたあらゆる全集叢書文庫類の長所と短所とを検討し、古今東西の不朽の典籍を、良心的編集のもとに、廉価に、そして書架にふさわしい美本として、多くのひとびとに提供しようとする。しかし私たちは徒らに百科全書的な知識のジレッタントを作ることを目的とせず、あくまで祖国の文化に秩序と再建への道を示し、この文庫を角川書店の栄ある事業として、今後永久に継続発展せしめ、学芸と教養との殿堂として大成せんことを期したい。多くの読書子の愛情ある忠言と支持とによって、この希望と抱負とを完遂せしめられんことを願う。

一九四九年五月三日

角川文庫ベストセラー

少年陰陽師 1～3
窮奇編
結城光流

時は平安。稀代の陰陽師・安倍晴明の末の孫・昌浩は、見習い陰陽師として相棒の物の怪と修業に励む日々。そんな中、都では異邦の大妖怪・窮奇による事件が勃発していた!! 新説・陰陽師物語「窮奇編」

少年陰陽師 4～8
風音編
結城光流

時は平安。安倍昌浩が見習い陰陽師として修業に励む中、藤原行成が怨霊に襲われたとの報せがはいる。それは祖父・晴明をつけ狙い、帝の命を奪おうと企むものたちの仕業だった!! 新説・陰陽師物語「風音編」

少年陰陽師
天狐の章・一 真紅の空
結城光流

時は平安。命の代償として、命の次に必要なものを失った昌浩。見鬼の才を失い、さらに昌浩のことを忘れた紅蓮の言動に悩み傷つく日々を送っていた。そんな中、出雲で人々が妖に憑かれていく事件が起こり――!?

少年陰陽師
天狐の章・二 光の導
結城光流

時は平安。辛い記憶を取り戻した物の怪と、都に帰還した昌浩。そんな2人を待っていたのは、祖父の安倍晴明に忍び寄る黒い影と、中宮・章子が倒れたという報せだった。昌浩と晴明に、命の危機が迫る!!

少年陰陽師
天狐の章・三 冥夜の帳
結城光流

安倍晴明に命の刻限は迫っていた。彼の、そして孫の昌浩の中にも流れる天狐の血が、その命を削っているのだ。一方、天狐・晶霞と凌壽の確執、さらに中宮章子を狙う怪僧の攻撃に昌浩は巻き込まれて!?

角川文庫ベストセラー

角川文庫ベストセラー

今日から㋮王！　カロリア編　喬林　知

またしても異世界へ召喚された高校生魔王・渋谷有利。新たなる激動の物語が開幕！「きっと㋮のつく陽が昇る！」「いつか㋮のつく夕暮れに！」の2本を収録したお得な文庫版！

今日から㋮王！　カロリア編Ⅱ　喬林　知

高校生魔王、カロリアに立つ！　生き別れた名付親との最悪の再会の結末は!?「天に㋮のつく雪が舞う！」「地には㋮のつく星が降る！」の2本を収録した大ボリューム文庫版！

退出ゲーム　初野　晴

廃部寸前の弱小吹奏楽部で、吹奏楽の甲子園「普門館」を目指す、幼なじみ同士のチカとハルタ。だが、さまざまな謎が持ち上がり……各界の絶賛を浴びた青春ミステリの決定版、〃ハルチカ〃シリーズ第1弾！

初恋ソムリエ　初野　晴

ワインにソムリエがいるように、初恋にもソムリエがいる?!　初恋の定義、そして恋のメカニズムとは……お馴染みハルタとチカの迷推理が冴える、大人気青春ミステリ第2弾！

空想オルガン　初野　晴

吹奏楽の〃甲子園〃——普門館を目指す穂村チカと上条ハルタ。弱小吹奏楽部で奮闘する彼らに、勝負の夏が訪れた!!　謎解きも盛りだくさんの、青春ミステリ決定版。ハルチカシリーズ第3弾！

角川文庫ベストセラー

角川文庫ベストセラー